KB045552

귀여움 견문록

마스다 미리 그림 에세이

권남희 옮김

목차

귀여움 견문록

일러두기

1. 모든 각주는 옮긴이 주입니다.
2. 내용 특성상 일본어 표현을 일부 살렸습니다.

하교하는 초등학생의 귀여운 실루엣

하교하는 초등학생은 귀엽다. 등교할 때보다 훨씬 귀엽다. 등교하는 아이들은 축 처져 보인다. 아니, 처지지 않은 아이들도 많을 텐데, 내 초등학생 때를 돌이켜보면 매일 아침 축 처져 있던 기억이 대부분이어서 아무래도 그렇게 보인다. 졸린 눈을 비비며 느릿느릿 걸어가던 등굣길. 생각만 해도 머리가 멍해지는 것 같다.

그러나 하교하는 초등학생은 다르다.

바람에 날리는 꽃잎처럼 사랄랄라, 집에 가는 방향이 같은 친구와 경쾌하게 걸어간다.

갑자기 친구 이름을 부르며 뛰어가기도 하고 우뚝 멈춰 서서 화단을 들여다보기도 한다. 예측 불가능한 움직임에 도로가, 아니 거리가, 아니 전 세계가 동요하는 것 같다.

물론 초등학생과 마주하면 나도 평상심을 유지할 수 없다. 오후에 미팅이 있어서 역으로 가는 길, 그들과 마주치면 가슴이 소용돌이친다. 초등학교에서 쏟아져 나온 귀여운 사람들이 여기에도 저기에도 가득하다. 우와아아아, 대체 무슨 얘기를 하며 가는 거지? 언제나 흥미진진하다.

요전에는 남자아이 둘, 여자아이 한 명인 3인조의 대화에 무심코 귀를 기울이게 됐다.

5학년쯤 됐을까. 여자아이는 긴 머리를 등에 드리우고 까만 반바지에 까만 파카를 걸쳤다. 세련됐다. 남자아이 둘보다 머리 반쯤 크다.

"까만 옷은 정말 멋있어."

한 남자아이가 말하자 다른 남자아이가 "나도 까만 옷 입고 싶어." 하고 동의한다.

위아래 까만색 옷으로 통일한 여자아이를 부러워한다. 두 사람 다 엄마가 까만 옷을 사주지 않는 모양이다. 여자아이의 까만 옷을 선망의 눈길로 바라보는 남자아이 둘. 알아, 까만 옷 멋있지. 그리고 너희들, 그 여자아이를 좋아하는구나. 귀여운 연정을 목격하고 나니 좀 센티멘털해졌다.

센티멘털이라고 하니 생각나는데, 이런 아이들도 만난 적이 있다.

해 질 녘, 초등학교 3학년쯤 돼 보이는 남자아이 둘이 책가방을 메고 엄마들과 함께 걷고 있었다. 공원에 들러서 놀다가 가는 길일까. 실컷 논 모습인데도 남자아이들은 아직 성에 차지 않은 표정이었다.

"자, 가자."

엄마들이 재촉해도 둘은 여전히 장난만 쳤다. 결국 엄마들은 아이의 손을 끌고 각자 다른 길로 향했다.

그때 남자아이 한 명이 돌아보며 말했다.

"나, 죽어도 다쿠마랑 같이 있고 싶어!"

그 말을 들은 남자아이는 바로 "나도!"라고 했다.

엄마들은 아이고, 그래 그래, 하고 늘 그랬다는 듯이 웃었다.

나는 혼자 역으로 향하면서도 '나, 죽어도 다쿠마와 같이 있고 싶어!' 하는 말에 온통 마음을 빼앗겼다.

얼마나, 얼마나 멋진가!

나는 이제 언제까지나 친구와 놀고 싶다는 생각은 커녕, 놀다가 시간이 되면 적당히 해산하는 날들 속에 살고 있다.

지나간 어린 시절. 아는 말뿐인데 하지 못하게 돼 버린 말들. 좀 쓸쓸해하면서 성큼성큼 어른의 발걸음으로 역을 향해 걸었다.

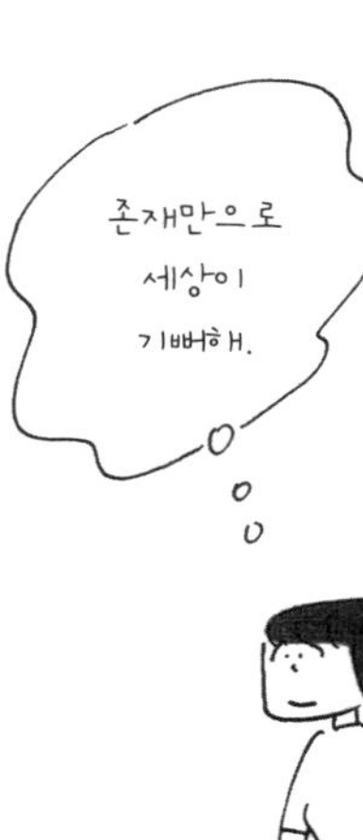
존재만으로
세상이
기뻐해.

귀여운
사람들.

도토리의 귀여운 흥

도토리
どんぐり [돈구리]

도토리.

떨어져 있는 것을 발견하면 무심코 기쁜 마음이 드는 건 왜 일까?

그렇다고 줍는 것도 아니다. 어른이 되면 도토리를 발견해도 그냥 그걸로 끝이다.

그런데도 기쁘다.

'앗, 도토리!'

마음속으로 은근히 기쁜 그 느낌이 있다.

도토리를 향해 친근감이 드는 것은 그들이 의인화되어 와서가 아닐까. 동요에서는 굴러가던 도토리가 연못에 빠져서 난리법석이 나기도 하니까 말이다.

곰곰이 생각해 보면 나무열매가 연못에 떨어진 것뿐이다. 단지 그것뿐인데도 동요 속 도토리는 미꾸라지의 도움을 받고 급기야 '도련님'이라고 불리며 극진히 대우 받는다. 나도 모르게 도토리 도련님을 보살펴야 할 것 같은 기분이 든다.°

도토리의 의인화, 라고 하니 도토리의 '그 모자'가 생각난다. 전문 용어로는 '각두'라고 하는데 그건 아무리 봐도 베레모다. 나도 어릴 때 저런 모자를 썼지, 하는 생각이 들어 이것 역시 친근감이 든다.

그러다 문득 어떤 사실이 떠올랐다.

도토리를 발견하고 "앗, 도토리다!" 하고 반응하는 것은 어쩌면 본능 문제이지 않을까?

『과학앨범-도토리』에는 일본에서 농경이 발달하기 전에는

° 「도토리 데굴데굴(どんぐり ころころ 돈구리 코로코로)」이라는 일본 동요에서 '연못에 빠진 도토리, 도토리랑 놀아주는 미꾸라지, 도련님 같이 놀아요. 도토리가 데굴데굴'이라는 내용이 나온다.

도토리가 소중한 식량이었다고 나와 있다. 도토리를 까는 도구가 필요해서 토기가 발명된 게 아닐까, 라고 하는 학자도 있다고 한다.

먹기 위한, 아니 살기 위한 도토리 줍기.

그 오래된 기억이 지금도 우리 마음속에 남아 있어서, 그래서 도토리를 발견하면 나도 모르게 가슴이 폴짝거리는 게 아닐까?

만약 그런 이유라면 우리 인간도 좀 귀엽다. 무의식적으로 도토리에 반응하다니…….

참고로 『도토리 먹는 법-숲의 은혜 진수성찬』이라는 책을 펼쳐보면 도토리솥밥, 도토리튀김, 도토리티라미수 등의 다양한 도토리 조리법이 잔뜩 실려 있다. 고대만의 이야기가 아니라 지금도 부지런히 먹고 있다는 이야기다.

도토리.

줍기 시작하면 멈출 줄 몰랐던 어린 시절.

친구와 누가 많이 주웠는지 경쟁하기도 했지만, 그보다 줍는 것 자체가 즐거웠다.

이쪽 도토리도 저쪽 도토리도, 조그만 손으로 주워서 주머니

혹은 비닐봉지에 계속 담는다.

도토리 줍기는 놀이다. 그런데 웃으면서 줍는 아이가 하나도 없다. 표정은 진지하기 그지없다. 어쩌면 모두 마음속으로 도토리에게 말을 걸고 있는 게 아닐까.

'내가 데려가 줄게!'

자기자신도 반은 도토리가 되어 있다.

길가의 도토리에 무심코 마음이 끌리는 이유는 도토리 줍기를 하던 추억 속 어린 자신의 귀여움이 되살아나서 인지도 모른다.

그런데 돈구리의 '돈'은 무슨 말일까?

'구리'°는 밤일까?

『일본어 어원사전』을 펼쳐 본다.

'팽이 삼아 갖고 놀아서 팽이의 옛 이름인 '쓰무구리'가 '돈구리'가 된 것.'

° '밤'의 일본어.

이름의 유래가 팽이라니.

역시 귀여운 도련님들이다.

'도토리 키 재기'란
상상만 해도 귀여워,
라고 생각했는데……

도토리를 살펴보니
종류에 따라
크기 차이가 나더라고요.

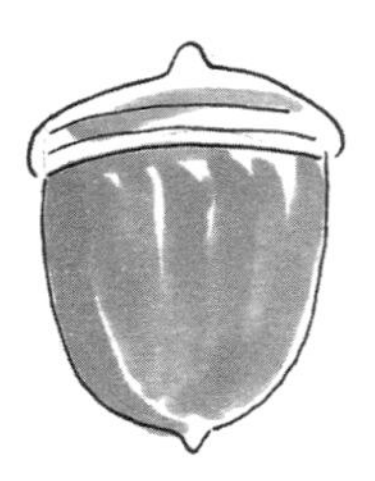

가시나무
13~15밀리미터

오키나와
참가시나무
30~50밀리미터

어설퍼서 귀여운 눈사람

눈사람
ゆきだるま [유키다루마]

어른도 아이도, 재능이 있는 사람도 없는 사람도 누가 만들어도 별로 차이가 없는 눈사람의 엄격하지 않은 완성도.

"괜찮아? 배고프지 않아?"

눈사람에게는 몸을 구부리고 말을 걸고 싶어지는 귀여움이 있다.

그러나 외국 눈사람에는 좀 못마땅한 것이 있다.

바로 당근이다. 외국 눈사람에는 대부분 코 부분에 당근이 꽂혀 있다. 덕분에 완성도가 한층 높아지고 귀엽다기보다 세련

된 모습이 된다.

그뿐만이 아니다.

당근 코는 '주변에 있는 것으로 열심히 만든 느낌'이 부족하다.

눈이 내리고 쌓인 어느 날, 사람들을 모은다.

"얘들아, 눈사람 만들지 않을래?"

"만들자, 만들자!"

데굴데굴 굴려서 크게 한 덩어리 만들어놓고 그다음은 작은 덩어리를 만든다. '영차!' 하고 힘을 모아 큰 덩어리 위에 올리면 거의 끝이 보인다.

눈사람의 완성은 얼굴이다. 뭔가 쓸 만한 재료가 없을까 하고 주위를 둘러본다. 눈은 돌로 하면 돼, 입은 나뭇잎으로 할까? 그럼 코는 어떻게 하지. 눈 속에서 이런저런 상상력을 펼치고 있을 때 "우리 집에 당근 있는데 갖고 올게!" 하는 건 좀 아니지 않나.

있는 걸로 잘 만들어보자.

나라면 그렇게 생각할 것이다. 열심히 만든 얼굴이라 친근감이 흘러넘치고, 친근감이 흘러넘쳐서 귀여우니, 귀여움이 녹아 없어질 때까지 지켜보고 싶은 마음이 생기는 게 아닐까.

그런데 눈사람은 언제부터 있었던 걸까?

『일본어린이놀이 대도감』을 넘겨보니 무라사키 시키부의 『겐지 이야기°』에 아이들이 눈 장난하는 모습을 묘사한 장면이 있었다고. 751년의 가회°°에서 부른 노래 속에 눈으로 바위 모양을 만들어서 감상했다는 기술도 있다고 한다. 옛날부터 사람은 눈을 보면 이것저것을 만들고 싶었던 모양이다.

이번에는 『에도 시대 어린이놀이 대사전』에서 엄청난 사실을 발견했다.

우키요에°°°에 눈사람 그림이 소개되어 있는데 자세히 보니 그 눈사람, '달마'였다. 빨간 달마대사를 새하얀 눈으로 만들어서 놀고 있는 사람들의 그림이 있었다.

"앗, 달마란 말이야?"

도서관에서 나도 모르게 혼잣말이 튀어나왔다.

우키요에의 '달마', 눈과 눈썹은 먹으로 그린 것 같다. 코는 눈을 뭉쳐 입체적으로 만들었다. 솔직히 말해서 무섭다. 밤에

° 세계에서 가장 오래된 근대적 소설.
°° 단가를 지어서 서로 발표하고 비평하던 모임.
°°° 미인, 기녀, 광대 등 풍속을 중심 제재로 한 목판화.

달빛 아래에서 보면 오싹할 것 같다. 이렇게 생긴 달마 눈사람에서 잘도 지금의 순박한 눈사람으로 바뀌었구나.

눈사람이라고 하니 생각나는 귀여운 에피소드가 있다.

예전에 역 앞에 있는 낡은 맨션에 살았다. 꽤 대단지였는데, 구조가 각양각색이어서 우리 집은 원룸형이었지만 이웃집은 방이 여러 개로 나뉜 형태였다. 주민끼리의 왕래는 없고 방범 차원에서 문패도 걸어놓지 않는 집이 많았다.

어느 날, 도쿄에 눈이 쌓였다.

나는 조그마한 눈사람을 한 개 만들었다. 그걸 현관 앞에 오도카니 올려놓았더니 다음 날 아침, 그 아이에게 친구가 생겼다. 누군가가 눈사람을 만들어서 나란히 올려놓은 것이다.

아르바이트 마치고 오는 길이라 내가 눈사람을 만든 것은 밤이었다. 내 눈사람에게 친구를 만들어준 사람도 늦게 귀가했을 것이다.

귀갓길에 눈사람을 보고 귀엽구나, 생각했겠지.

그리고 나도 만들어볼까, 생각했겠지.

두 눈사람을 나란히 놓고 나서 이 집에 사는 사람은 내일 눈사람을 보고 웃을까? 생각했을 것이다.

그런 상상을 하게 해준 무료 선물이다.

만약 그 눈사람의 코가 당근이었다면?

눈이 녹은 뒤, 당근이 남는다. 나는 모르는 사람에게 당근을 받은 게 된다. 눈사람이 녹은 뒤에는 아~무 것도 남지 않는 것이 좋다. 눈사람은 그만큼 화끈해서 좋다. 그런 생각이 들었다.

세련
흐음
3단 눈사람
스타일이
너무 세련되면
귀여움에서
멀어져.
진지하다
귀엽다

눈으로 만든
움집이 있으면
귀엽겠죠?

귀여운 주먹밥 이야기

주먹밥

이라고 하면
제일 먼저 어떤 모양이 떠오르는지요.

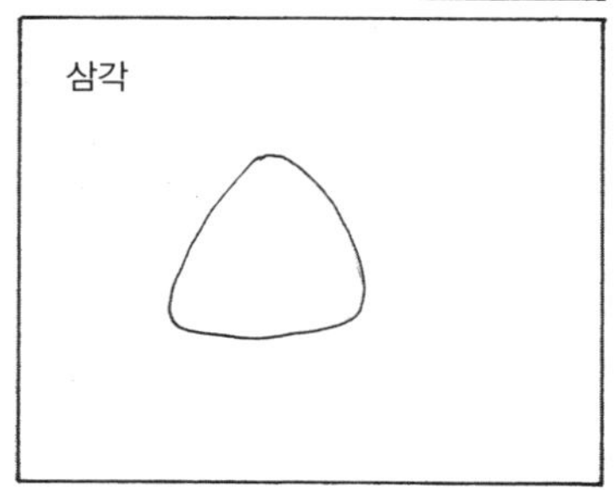
삼각

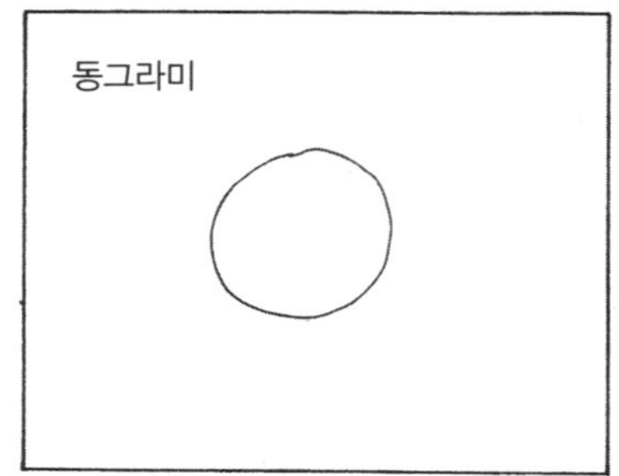
동그라미

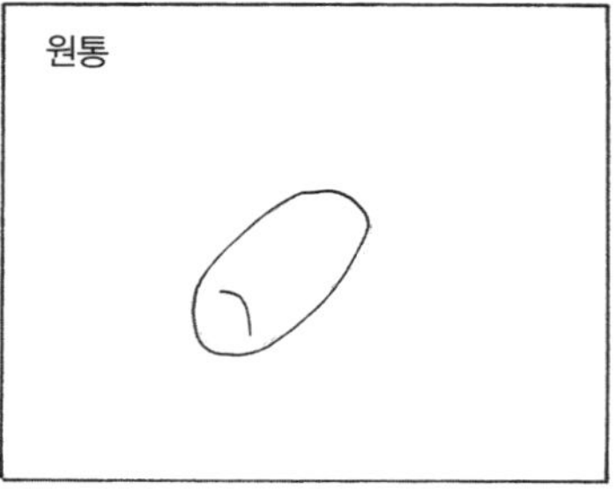
원통

참고로 요코하마시에서 출토된 고대 탄화미 덩어리(주먹밥?)는
요코하마시 역사박물관에 〈대주먹밥전〉이란 게 있었네.

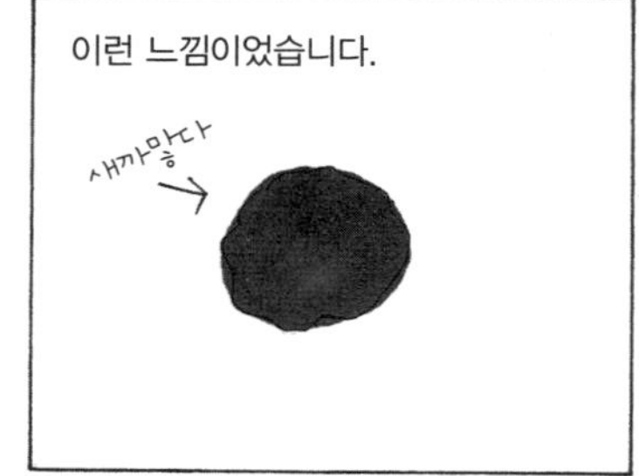
이런 느낌이었습니다.
새까맣다

주먹밥은
김을 싸는 법도 다양하죠.

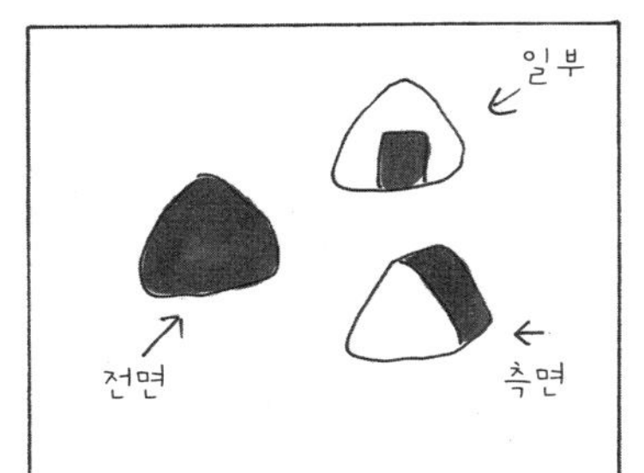
일부
전면
측면

우리도 동그란 거. 김은 전면.

술자리에서 '주먹밥'이 화제에 오르자……
우리 집도!
우리 집은 원통.

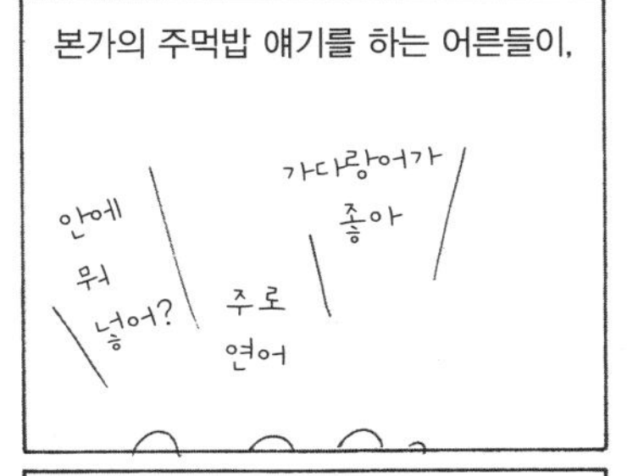
본가의 주먹밥 얘기를 하는 어른들이,
안에 뭐 넣어?
주로 연어
가다랑어가 좋아

우리 집 김은 맨김.
우린 맛김.

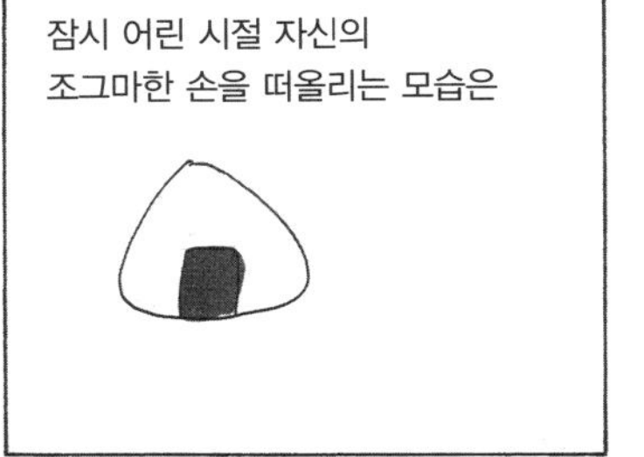
잠시 어린 시절 자신의 조그마한 손을 떠올리는 모습은

우리는 동그란 거.
삼각이었어.

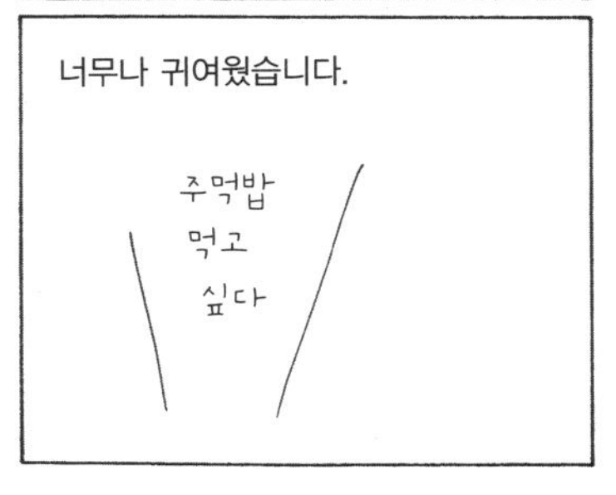
너무나 귀여웠습니다.
주먹밥 먹고 싶다

실뜨기에 열중한 귀여운 모습

실뜨기
あやとり [아야토리]

노비타°가 잘하는 놀이는 실뜨기이다.

『도라에몽』을 처음 읽었던 어린 시절에는 실뜨기하는 노비타를 봐도 아무런 생각이 없었다. 별생각이 없었던 것은 심심할 때면 으레 '혼자 실뜨기를 하던' 시절이었기 때문이다. 지금은 당연히 게임으로 여긴다.

실뜨기 도구는 실 한 가닥뿐이다. 실만 덜렁 놓여 있다면 전

° 『도라에몽』의 주인공. 한국판에서는 노진구.

혀 귀엽지 않다. 쓰레기로 보일 가능성조차 있다.

실뜨기의 귀여움은 실뜨기를 하는 사람의 귀여움에서 오는 게 아닐까.

고개를 숙이고 양손으로 꼬물꼬물 실을 뜨는 모습에는 고양이가 바람에 날려 떨어진 나뭇잎을 쫓아다니며 노는 것 같은 순수함이 있다.

혼자 벙긋벙긋 웃으며 실뜨기하는 사람을 본 적이 있는가?

나는 없다. 보통은 입을 뾰족 내밀기도 하고 헤벌리기도 하면서 사뭇 진지한 표정이 되고 만다. 자신이 실뜨기하는 모습을 본 적은 없겠지만, 천진난만이라기보다 그 어벙한 모습이 주위 사람들을 미소 짓게 만들었을 것이다.

문득 궁금해져서 『일본어원 큰사전』에서 '실뜨기(아야토리)' 어원을 찾아보았다.

'어원은 '아야(綾: 무늬, 사람의 지혜를 넘은 아름다움)+토리(取り: 뜨기)'입니다.'

사람의 지혜를 넘은 아름다움을 손가락으로 뜨는 것 혹은 서로 뜨는 놀이라니 참으로 우아한 어원이다.

『일본어 어원사전-일본어의 탄생』에서 '아야綾'도 찾아보았다. 아야는 '아야카루あやかる'와 같은 뿌리인 모양이다. '그 물건의 성질이나 조리條理로 인해 자연스럽게 생겨나는 무늬나 색깔을 말한다'라고 나와 있다.

이름에 '아야'가 들어가는 친구와 지인을 몇 명이나 만나왔는데, 그들 모두 이렇게 멋진 한자를 부모에게 선물 받은 사람들이었구나.

실뜨기는 원래 문자가 없는 사회에서부터 이어져 내려왔다고 하니, '그 물건의 성질이나 조리로 인해 자연스럽게 생겨나는 무늬'라는 설명에서 '그렇구나.' 하고 납득이 됐다. 『세계 실뜨기 기행』을 읽어보면 실뜨기가 일본만의 것이 아니란 걸 알 수 있다.

이 책에 따르면 실뜨기의 기원에 관해 정확히는 알 수 없지만, 자연 발생하듯이 각지에서 각각의 민족이 생각해 냈다고 한다. 일본에서는 에도 시대 전기에 실뜨기 문화가 있었다고 추정된다. 한 가닥 실을 원으로 묶어 무늬를 만들어가는 것, 그것이 자연 발생적으로 세계에서 일어났다고 생각하니 뭔가 가습이 떨렸다. 아프리카, 극북 지역, 남북아메리카, 오세아니아에서도 문자가 없던 아주 오래전부터 실뜨기와 친숙했다고 기록되어 있다.

실뜨기할 때는 노래를 같이 부르는 경우가 많다고 한다. 실뜨기는 노래 가사에 자신들의 풍습이나 도덕, 신앙을 담아 후세에 전하기 위한 수단이기도 했다는 것이다.

라파누이°에서는 비범한 능력을 가지고 태어난 아이를 찾아내기 위해 실뜨기를 이용했다고 한다. 기억력이 뛰어난 아이에게 일족의 가계를 외우게 한 것이다. 훗날 '문자'가 그것을 대신하여 실뜨기는 쇠퇴해 갔지만, 지금도 노비타는 실뜨기를 하고 있고 전 세계에도 실뜨기 문화가 남아 있다.

도서관에서 발견한 『실뜨기학』에 따르면 남태평양의 섬 나울에는 '대형 카누'라는 실뜨기가 있는데 이것은 지금부터 3,200년 전, 동남아시아에서 돛이 큰 카누를 타고 사람들이 건너온 것을 표현한다나.

또 북아메리카 나바호 사람들은 아이들에게 별자리를 가르

° '이스터 섬'을 뜻하는 원주민의 언어.

칠 때, 먼저 '많은 별'이라는 실뜨기를 보여준다고 한다. '이 모양의 별이 하늘에 보이면 옥수수 씨를 뿌려라'라는 내용을 담은 실뜨기도 있다고 한다. 단순한 손가락 놀이라고 생각하기 쉽지만 실뜨기는 서적의 기원이었다.

『세계 실뜨기 기행』에는 각 나라의 실뜨기 기술이 사진으로 실려 있다. "우왓, 이걸 실뜨기로 표현할 수 있다고?" 하고 깜짝 놀랄 만한 기술이 가득하다.

이를테면 오스트레일리아의 '회오리'. 그냥 실이 엉킨 게 아닌가 싶을 만큼 빙빙 감긴 상태이지만, 제대로 감는 순서가 있어서 이 '빙빙'을 몇 번이나 똑같이 만들어낼 수 있다는 게 정말 대단하다.

캐나다의 '귀가 큰 개', 아르헨티나의 '화산', 브라질의 '박쥐 떼', 로열티 제도의 '아기돼지'와 솔로몬 제도의 '인육 먹는 귀신'도 있다.

"이게 뭐게?" 하고 느닷없이 들이밀면 뭐가 뭔지 모르겠지만, "이건 아기돼지야"라고 하면 "앗, 정말이네, 맞다, 맞아!" 하고 즐거워질 것이다.

사진은 실리지 않았지만 호주 원주민인 애버리지니의 실뜨기는 사람에 관련된 것이 많다는 게 특징이라고 한다. '죽은 남자', '성교', '항문', '생리중인 여자'까지 실 한 가닥으로 다 표현한다는 것이다. '항문'은 뭔가 상상이 가지만 죽은 남자와 살아 있는 남자의 차이를 실뜨기로 어떻게 표현할까?

이 책에는 실제로 세계 각국 사람들이 실뜨기를 하는 사진도 수록되어 있는데, 이게 또 귀엽다. 아이도 어른도 "자, 완성!" 하고 수줍게 웃는 표정이다.

파푸아뉴기니에서는 실뜨기가 인기 있는 놀이라고 한다. 하지만 취재하러 간 쪽이 실뜨기하는 모습을 보여주지 않으면 모두 실뜨기 놀이를 모르는 척한다고 한다.

'오랜 세월, 서양인에게 '유치한 놀이'라는 말을 들어왔기 때문입니다'라고 쓰여 있었다.

그러고 보니 만화 속의 노비타도 '실뜨기는 아무 도움도 되지 않는다'라는 말을 엄마한테 계속 들었던 것 같다.

실뜨기는 어른이 돼도 손가락이 기억한다. 손이 커졌는데도 어린 시절 손의 움직임을 잊지 않고 있다.

"무인도에 책을 한 권 들고 간다면 어떤 책?"이라는 질문처럼 "무인도에 장난감을 한 개 들고 간다면 어떤 것?" 하고 누군가 내게 묻는다면 실뜨기라고 대답할 것이다. 전지도 충전도 필요 없는 데다 가볍고 깨지지 않는다. 언제 어디서든 최강이다. 시간은 넘치니 나밖에 할 수 없는 엄청난 실뜨기 기술이 탄생할지도 모른다.

참고로 노비타에게는 이미 자기가 발명한 '은하'와 '춤추는 나비' 등 몇 가지 오리지널 기술이 있다.

실을 손에 건 순간
손가락 '사이'가
기억을 데리고 옵니다.

완성된 기술을 보여주기 위해
걸어가는 아이의 모습.

귀엽습니다.

땅따먹기 하는 귀여운 생물

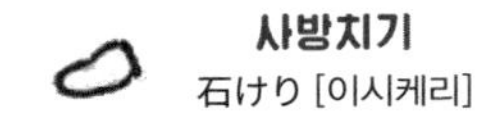

사방치기
石けり [이시케리]

어디에서나 자라는 풀, 강아지풀°. 이름 그대로 고양이에게 흔들어주면 아주 기뻐한다.

'풀'로 놀다니 하하하, 귀여운 생물이구냥.

고양이의 천진함에 미소가 절로 돌았지만 그러고 보니 사람도 비슷하지 않나? 사람도 '돌'을 갖고 노는 생물이다.

° 일본어로는 '네코쟈라시'로, '네코'는 고양이를 뜻한다.

돌을 사용한 가장 단순한 놀이라고 하면 그저 돌을 차는 놀이일 것이다. 초등학교 때 집으로 오는 길에 곧잘 했지만, 그 무렵에는 그걸 놀이라고 생각하지 않았다. 하교 중 지루함을 때우는 거랄까. 논다고 생각하지 않으면서 놀았다. 아이들에게만 주어진 멋진 시간이었다.

그래, 그 사방치기. 혼자서도 즐길 수 있고 여럿이도 즐길 수 있다. 여러 명이 번갈아가며 나아가는 사방치기는 도랑에 빠지면 죽는다느니, 1회 쉰다느니 하는 세세한 규칙이 있다. 사방치기에 사용하는 돌은 갈림길에서 모두가 해산할 때까지 대체할 수 없는 절대적인 것이었다. 단순한(가격 면으로도) 돌멩이인데 자동판매기 아래로 들어가면 꼬챙이를 이용하여 필사적으로 구출하곤 한다!

사람의 아이는 어찌나 귀여운 생물인지.

고양이가 되어 지긋이 바라보고 싶어진다.

참고로 납작한 돌은 발로 차면 비교적 반듯하게 날아가지만 너무 납작하면 차기 어렵고, 동그란 돌은 차기 쉽지만 굴러가서 잃어버릴지 모른다는 난점이 있다. 적당한 돌멩이를 발견하는 것도 센스가 필요했다.

그저 차기만 할 뿐인 사방치기 외에 깽깽이걸음을 하는 사방치기 놀이도 있었다. 땅바닥에 그린 도형 속에 돌을 차 넣고 앙감질하는 놀이다.

사방치기 역사를 조사해 보니 엄청난 곳까지 거슬러 올라갔다. 세상에! 무려 그리스 신화!

『전승놀이 생각2-사방치기 놀이 생각』이라는 두꺼운 책에 따르면 그리스 신화 중 하나에 소년이 미로 궁전에 사는 괴물을 쓰러뜨리고 무사히 귀환했다는 얘기가 있다고 한다. 이 신화를 바탕으로 지면에 그린 미로놀이가 생겨나고 이윽고 사방치기로 발전하여, 유럽이나 미국으로 퍼져서 돌고 돌아 일본에도 온 게 아닐까 라고 추측한다. 일본에 들어온 건 의외로 늦은 시기인 메이지 시대 초 무렵이었던 것 같다.

『전승놀이 생각2-사방치기 놀이 생각』에는 일본 전국에서 수집한 사방치기 도형이 상세하게 소개됐다.

책 내용에 따르면 내가 어린 시절에 놀던 사방치기 도형은 '사람 인人 모양'이다. 도형은 허수아비 같은 실루엣으로, 머리 부분은 삼각 모자를 쓰고 있는 모습이다. 이 책을 펼칠 때까지만 해도 전국의 아이들이 '사람 인人 모양'으로만 사방치기 놀이를 한다고 생각했다. 그러나 그렇지 않은 것 같다. 여기에는 내가 놀아본 적 없는 도형이 많이 소개되어 있다.

이를테면 에히메현에서는 'Q타로 모양'으로 사방치기 놀이를 한다고 한다. 만화 『오바케의 Q타로켄』 캐릭터를 닮은 도형을 이용한 사방치기이다. 어디를 디뎌 뛰고, 어디에 돌을 차 넣는지 놀아본 적이 없어서 전혀 모르겠다. 그래도 굉장히 재미있을 것 같다.

그밖에도 도야마현의 우렁이 모양, 시즈오카현의 소라 모양, 와카야마현의 거북이 모양과 고지현의 떡 모양이 있었다.

도형을 보며 앙감질하는 모습을 추측하는 것도 즐겁다. 나는 전학을 가본 적이 없지만, 전학을 자주 다닌 아이는 가는 곳마다 다양한 도형을 만났다고 한다.

"여긴 소라 모양인가."

새로운 동네에서 소라 모양에 익숙해지기 위해 열심히 노력하던 그 아이 마음은 어땠을까.

참고로 이 사방치기는 지역에 따라 여러 가지 호칭이 있는 것 같다. 오사카에 살던 나는 '켄켄파'라고 불렀지만, '겐겐파', '칫파칫파', '톤톤페이', '바타바타', '잇캔파탄' 등 엄청난 종류의 명칭이 있었다. 전학생은 "여긴 톤톤페이야?" 하고 놀랐다.

『전승놀이 생각2-사방치기 놀이 생각』을 집필한 사람은 그림책 작가인 가코 사토시 씨다. 『까마귀네 빵집』, 「101마리 올챙이」 시리즈의 작가다.

가코 씨는 이렇게 썼다.

'어린이라는 생물은 성장 과정에서 뛰어다니고 돌아다니는 시기가 있어서 뛰어다니는 행동을 주축으로 한 사방치기 놀이가 아이들에게 환영받는 것이다.'

강아지풀에 달려드는 고양이처럼 아이들은 '켄켄파'라고 노래 부르며 폴짝폴짝 뛰어 논다. 어른이 되기 전, 귀여운 준비체조랄까.

땅에 무릎을 꿇고서 새로운 사방치기 놀이를 궁리하는 아이들의 얼굴은 상당히 귀여웠을 것이다. 놀이를 생각하면서 이미 머릿속으로는 놀고 있었을 테니까.

'그리스 신화에서 시작된 이 놀이가 우렁이 모양 그림까지 변해왔구나'라고 생각하니 정말로 감개무량하다.

어떡하지, 지금 사방치기가 너무 하고 싶어졌다. 그 시절처럼 열심히 해보고 싶다. 어른이 되어 만난 친구와 사방치기를 하면 지금까지 미처 깨닫지 못한 사랑스러운 옆얼굴이 보일지도 모른다. 같이 놀자고 하면 "할래, 할래!" 하고 참가할 것 같은 친구는 몇 명 있지만, '켄켄……파!' 하며 뛰다가 아킬레스건이 끊어질 것 같아 왠지 무서워져서……(나도 포함) 그냥 돌만 차는 사방치기를 하는 편이 좋을 것 같다.

평범한 돌도
'어떤 모양'이 된 순간
보물이 됐답니다.

귀여운 그림 그리기 노래

그림 그리기 노래
絵かきーうた [에카키우타]

그림 그리기 노래는 뜬금없다. 아무런 설명도 없이 시작한다. 이를테면 "마루짱이 콩을 먹고~." 하는 식이다.

마루짱이 누구지?

노래를 처음 들었을 때 어린 나는 고개를 갸웃거렸다. 하지만 질문할 분위기가 전혀 아니었다. 그림 그리기 노래를 시작한 아이는 마지막까지 논스톱이다.

지금도 또렷이 기억하지만, 단지 안 아이들끼리 모여 놀다 보면 "이런 거 아니?" 하고 주변에 있는 돌을 분필 삼아 단지 벽에 그림을 그리며 노래 부르는 아이가 있었다.

간단히 단지 안 아이들이라고 했지만, 실제로는 가벼운 파벌이 있었다. 사는 동棟에 따라 자연스럽게 노는 아이들이 정해졌다. 바로 코앞 거리인데 다른 동 아이들과는 거의 교류를 하지 않았다. 노는 곳도 달랐다. 단지에 몇 군데 있는 공원은 자유롭게 이용할 수 있었지만, 각 동 앞의 빈터는 '자기들' 장소였다. 그래서 자기 동에 낙서를 하는 건 괜찮지만 다른 동에 가서 낙서를 하는 일은 없었고, 반대의 경우도 없었다. 그러다 보니 그림 그리기 노래도 서로의 구역에서만 했다.

"이런 거 아니?"

아이는 느닷없이 "막대가 하나 있었지." 하고 그림 그리기 노래를 시작했다.

나는 '나무 막대기?' 하고 생각했을지도 모른다. 하지만 물론 질문은 할 수 없다. 그 아이는 어쩌고저쩌고 노래를 부르더니 이윽고 주방장이라며 그림을 완성했다.

"눈 깜짝할 사이에 주방장!"

의기양양한 얼굴로 말하지만 주방장은커녕 사람으로도 보이지 않았다. 그럼 뭐로 보이냐고 하면 역시 주방장으로만 보인다.

그림 그리기 노래의 귀여움은 엉뚱한 그림에도 있지만, 특히 '노래' 부분에 있다고 생각한다. 그림을 그리면서 아이들이 느긋하게 노래하는 모습은 사랑스럽다. 물론 당사자였을 때는 그 귀여움을 알지 못했지만, 지금 생각해 보면 노래에 맞춰 그림을 그리던 상황이 귀엽다.

노래가 들어가는 놀이는 그밖에도 많이 있다. '하나이치몬메花いちもんめ°'도 그중 하나.

"저 아이가 좋아!(あの子がほしい 아노 코가 호시이.°°)"

터질 듯한 에너지를 주위에 뿌리며 노래하는 모습도 물론 귀엽다.

그러나 그림 그리기 노래의 고요함 속에도 깊은 귀여움이 있었다.

"막대가 하나 있었지~."

살며시 자신의 세계로 들어가는 그 느낌.

° 동요이자 노래로 우리나라의 「우리 집에 왜 왔니」와 비슷하다.

°° 「우리 집에 왜 왔니」에서 '○○꽃을 찾으러 왔단다.' 하고 한 아이를 지목할 때와 같은 노랫말.

막대, 어디에 있었지? 학교 뒤에?

노래 부르며 그림을 그리는 아이조차 한껏 상상력을 부풀리고 있으니 귀엽지 않을 리가 없다.

『전승놀이 생각1-그림 그리기 놀이 생각』이라는 책을 펼쳐보면, 반가운 그림 그리기 노래가 많이 소개되어 있다.

'주방장'도 있을까 하고 넘겨보니 있다, 있다! 오랜만에 만나는 주방장. 노래 가사도 정확히 실려 있다.

막대가 하나 있었지
나뭇잎인가, 나뭇잎 아니야
개구리지, 개구리 아니야
오리란다.

수수께끼 같은 그림을 이어가다 6월 6일에 비가 내리기도 하고 삼각자, 팥빵 등이 등장하다가 주방장이 완성됐다. 6월 6일은 양손의 모양이 되는 숫자여서 그림 그리기 노래에 자주 등장하는 가사다.

『전승놀이 생각1-그림 그리기 놀이 생각』에는 세계의 그림 그리기 노래도 소개되었다.

예를 들면 중국 그림 그리기 노래는 이렇다.

큰 오이에

파 세 뿌리

오이에 파……. '뜬금없는' 것은 세계 공통인 것 같다.

그다음은 이렇게 이어진다.

앵두 두 개

귤로 아기.

아무런 맥락도 없이 음식을 계속 등장시켜 아기 얼굴을 완성했다. '옳지, 그렇지!' 하고 기뻐지는 투박한 그림이다.

『전승놀이 사전』에서는 그림 그리기 노래를 이렇게 소개했다.

'그림이나 노래를 잘하는 어린이도, 못하는 어린이도 얼마든지 즐겁게 그리고 부르며 놀 수 있는 것이 그림 그리기 노래입니다.'

그림 그리기 노래는 놀이인 동시에 많은 아이들의 아군이기도 했다. 잘하고 못하고 관계없이 즐겁다. 평화로운 놀이다.

나아가서 어른들의 아군이라고도 할 수 있다.

"그림 그려주세요!"

어른은 뭐든 잘한다고 생각하는 아이들. 그림이 서툰 어른도 있지만 그래도 괜찮다. 그럴 때는 당당히 부르면 된다.

"막대가 하나 있었지~."

그래,
그래
도화지가 아니라
넓디넓은 데다
그리고
싶었구나.

노란 고무줄들의 귀여운 목소리

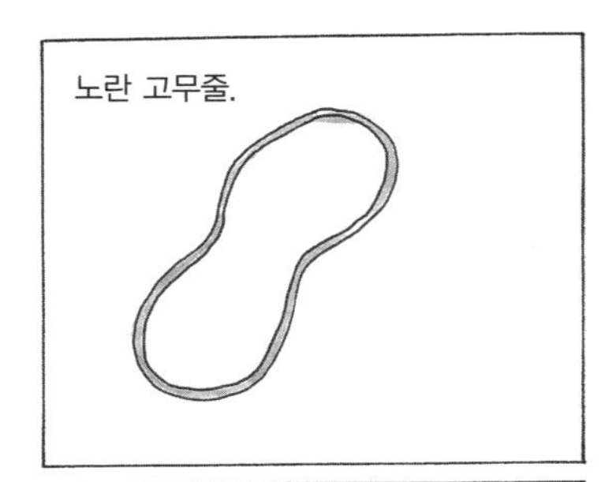

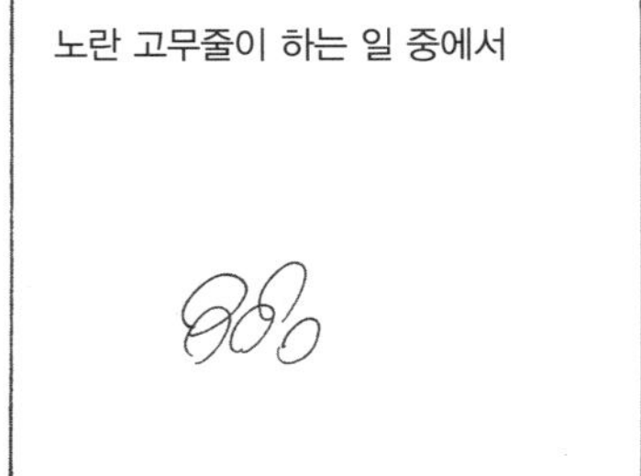

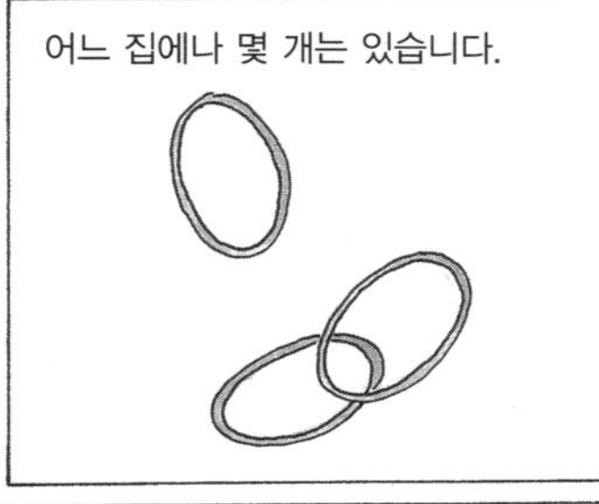

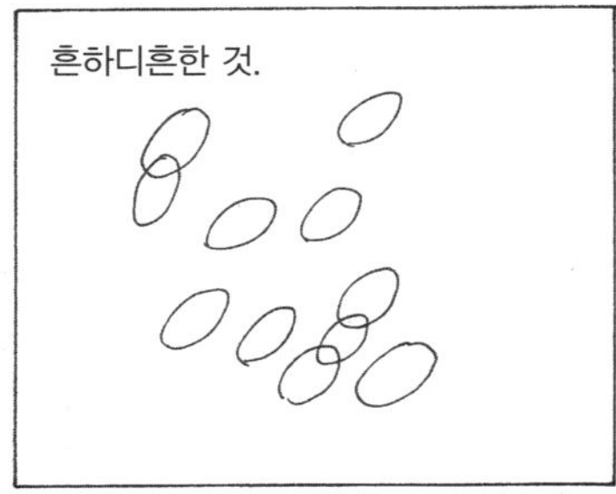

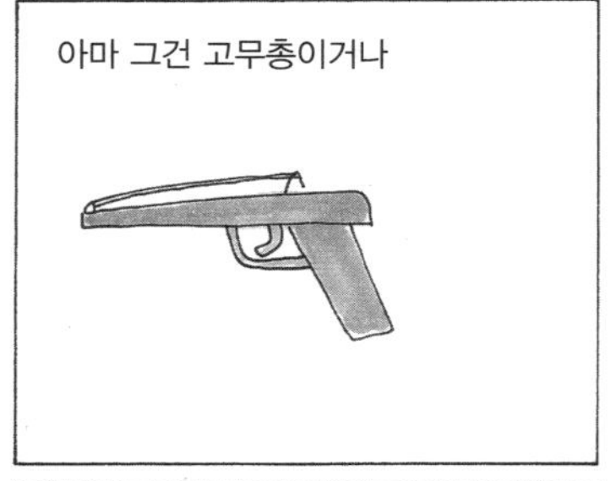

노란 고무줄은
그런 일을 하는 걸
동경하지 않을까.
요즘
시대에는
별로 없나.
음

그런 생각을 하면서

우리 집 냉장고 문에서
달랑거리는
그들을 바라보면
빤히-

미안하다는
마음이…….
하하

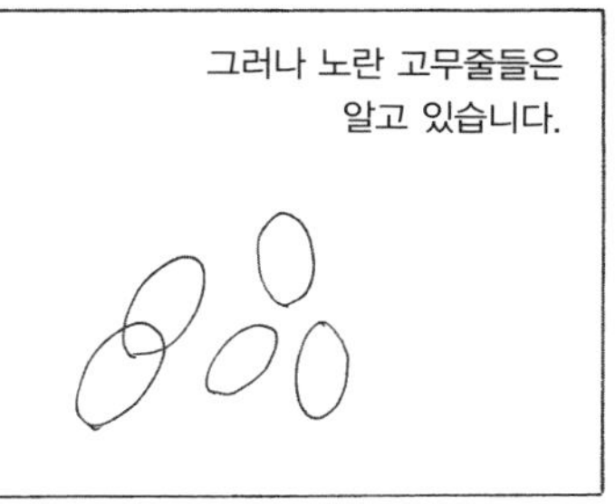
그러나 노란 고무줄들은
알고 있습니다.

이를테면 부엌 바닥에
떨어져 있어도
어?

실밥처럼
버려지지는 않는다는
것을요.
"빨리
주워줘요."
하고
조르는
느낌.

떨어져
있는 노란
고무줄은,
좀 귀엽다고
생각했습니다.

소프트아이스크림으로 귀여워지는 세상

소프트아이스크림
ソフトクリーム [소프트크림]

빙글빙글 돌아서 마지막에 또로록.

소프트아이스크림의 귀여움은 그 '또로록'에 집약됐다고 생각한다.

'또로록'이라는 부분은 달걀흰자로 만든 머랭에도 있다. 그러나 그건 내버려 둬도 녹지 않는다. 언제나 바삭바삭 힘이 넘친다.

거기에 비해 소프트아이스크림의 '또로록'은 여리디여리고 부드럽다. 엉겁결에 달려가서 부축해 주고 싶은 (이미 콘이 부축하고 있다) 독특한 흡인력이 있다.

그래서일까, 커피숍 입구에 있는 큰 소프트아이스크림 장식품을 보면 쉬었다 갈까 하고 마음이 흔들린다. 소프트아이스크림을 파는 가게 중에 나쁜 가게는 없을 거라는 생각조차 할 정도다.

소프트아이스크림의 역사는 어떨까?

일본 소프트아이스크림 협회의 홈페이지를 들여다보니 '폭신폭신 광장'이라는 귀여운 이름이 붙어 있다.

홈페이지에 따르면 소프트아이스크림이 탄생한 것은 1931년이다.

그전에도 아이스크림이라는 것은 있었지만, 영하 20도에서 꽁꽁 얼린 뒤 영하 5도를 유지하여 판매하는 딱딱한 것뿐이었다. 그러나 이 해에 미국에서 개발된 기계로 부드러운 아이스크림을 만드는 데 성공했고, 그것이 소프트아이스크림의 시작이었다.

일본에 소프트아이스크림이 상륙한 것은 그 후 20년이나 뒤인 1951년이다. 당시 진주군이 메이지신궁 외원明治神宮 外苑에서 카니발을 열었는데, 그중 한 모의점에서 선보였다고 기록되어 있다. 그날을 기념하여 해마다 7월 3일을 '소프트아이스크림의 날'로 정했다고 한다.

소프트아이스크림.

어린 시절, 많은 사람들이 이렇게 생각했을 것이다.

"나도 만들어보고 싶어."

점원이 콘 위에 소프트아이스크림을 빙글빙글 돌리는 모습은 정말로 매력적이었다.

그러고 보니 여행지의 어느 호텔이었는지 잊었지만, 조식 뷔페에 소프트아이스크림 기계가 놓여 있었다. 여기에 아이들보다 어른들이 더 달려들었다.

초보가 간단히 만들 수 없다는 것쯤은 알고 있지만, 혹시 나한테 빙글빙글 또로록 하는 재능이 있지 않을까?

어른들이 과감하게 도전했다. 그러나 찰흙을 뭉쳐놓은 듯한 소프트아이스크림을 들고 고개를 갸웃거리면서 자리에 돌아간다. 나도 해보았지만, '또로록'이 옆으로 쓰러져 버린 한심한 결과물이 나왔다.

모기 겐이치로 씨의 『퀄리아*qualia* 입문』에 이런 뇌 연구 이야기가 있다.

실험자가 원숭이에게 먹이를 주고 그걸 집게 한다. 그 후 같은 원숭이에게 다른 원숭이가 먹이를 집는 걸 보여주었다. 그러자 자신이 먹이를 집었을 때와 같은 뇌의 움직임이 보였다고 한다.

그러한 현상을 거울에 비친 듯하다고 하여 '거울뉴런'이라고 부르는 모양이다.

우리 인간도 소프트아이스크림을 입안 가득 넣고 먹는 사람을 보았을 때 역시 같은 감각을 느끼지 않을까?

예를 들면 소프트아이스크림 가게 앞을 지나간다고 치자. 한 여자아이가 마침 소프트아이스크림을 들고 가게에서 나오며 한입 덥석 물었다.

그 모습을 목격한 내 입속은 아마 '또로록'을 느낄 것이다. 아니, 지금 이렇게 쓰기만 해도 이미 머릿속에서 거울뉴런하고 있다.

소프트아이스크림의 '또로록'은 이로 깨물어 먹기보다 위아래 입술로 베어 먹는 편이 즐겁다.

그 순간 입술에 느껴지는 부드러운 차가움.

혀 위에서 바로 액체로 변해가는 느낌.

확인할 수는 없지만, 아마 모두 그 감각을 공유하고 있을 터이다. 소프트아이스크림을 먹은 적이 있는 사람은 남녀노소 가리지 않고 모두 소프트아이스크림 뇌가 될 거라고 상상하니 세상이 조금쯤 사랑스러워진다.

뇌라고 하니 떠올랐는데, 『아이스크림 역사 이야기』에 이런 기록이 있었다.

'아이스크림을 먹으면 뇌에서 쾌락 신호를 보내는 영역이 자극되어 행복감이 생겨난다고 한다.'

행복감이 생겨난다…….

그건 매일 소프트아이스크림을 먹어도 된다는 말일까?(아마 아닐 거다)

내친 김에 가정용 소프트아이스크림 기계가 있을까 하고 인터넷에서 검색해 보니 싼 거라면 5,000엔쯤이면 살 수 있었다. 커피메이커 정도의 크기다.

……갖고 싶다. 살까? '또로록'의 귀여움을 매일 마음껏 누리고 싶다!

하지만 준비나 뒷정리를 생각하면 화면의 구매하기를 누를 용기가 나지 않는다. 친척 조카들에게 크리스마스 선물로 사주고 "애들아, 이모한테도 만들어줘"라며 부탁하는 작전도 있겠는걸, 하는 생각에 잠시 보류하기로 했다.

와플 콘으로
감싼 타입
나풀
나풀
세우면
서는 타입
흔히
보는 것

소프트
아이스크림들의
하핫
사소한
멋이라 생각하니
귀엽네.

푸딩 알라모드의 귀여운 세계

푸딩
プディング [푸딩]

푸딩 알라모드°의 귀여움은 디오라마 느낌에서 온다고 생각한다.

당연히 푸딩은 '산'이다. 볼록하고 동그란 산이 아니라 후지산 같은 샤프한 느낌이다.

그 푸딩 산을 중심으로 아이스크림 언덕이 펼쳐지고, 기슭에

° *à la mode*, 각종 파이나 케이크 위에 아이스크림을 얹어서 제공하는 후식, 혹은 특수한 방식의 요리를 가리키는 음식 용어.

는 생크림 풀이 우거졌다. 곁들인 키위나 귤, 바나나는 색색의 꽃. 사과로 만든 토끼는 야생동물을 상징하며, 즐겁게 푸딩 산에서 뛰어놀고 있다. 앵두를 두 개 올린 푸딩 알라모드는 아직 본 적이 없다. 언제나 단 한 개. 타오르는 해를 표현한 게 분명하다.

그것들을 다리 달린 유리그릇에 균형 있게 담아서 하나의 마을을 만든다. 아니, 하나의 세계를 구축한다.

나는 오랜만에 주문한 푸딩 알라모드를 앞에 두고 어린 시절에 좋아한 '동물들의 여행'이라는 놀이를 떠올렸다.

'동물들의 여행' 놀이는 내가 고안한 놀이였다.

부모님이 사주었는지 누가 선물로 주었는지는 기억나지 않지만 미니어처 동물 세트를 갖고 있었다. 사자, 호랑이, 표범, 코끼리, 기린, 하마, 말, 사슴, 코뿔소, 토끼, 쥐……. 더 많았던 것 같다.

나는 그 동물들이 힘을 모아 길고 긴 여행을 떠나는 모습을 상상했다.

선두에 나설 동물은 누구로 할까.

역시 강한 녀석이 좋겠지. 그래서 사자를 제일 앞에 놓아 본다. 동물 세트의 동물들은 아주 친한 친구 사이로 설정한다. 서로 적이 아니어서 약한 아이들이 먹이가 되는 일도 없다. 힘센 동물은 적으로부터 약한 동물을 보호하며 여행한다. 이런 설정이다.

약한 동물이라면 대부분 초식동물이다. 초식동물을 안쪽으로 모으고 양 옆은 호랑이나 표범 들로 확실하게 보호한다. 뒤쪽은 코끼리나 하마 등 덩치가 좋은 동물을 세웠다.

카펫 위에 완벽한 배치로 늘어선 동물들.

자, 가자. 여행을 떠나자!

움직일 리 없는 장난감 동물 무리였지만, 내 머리 속에서 그들은 가끔 외부 적과 격렬히 싸워가며 힘을 모아 여행을 계속했다.

위에서 작은 세계를 내려다보는 것은 즐겁다. 푸딩 알라모드 세계도 디오라마 느낌이 넘친다.

아, 앞에서 '오랜만에 주문한 푸딩 알라모드'라고 썼는데, 그 푸딩을 주문한 곳은 요코하마 차이나타운에서 가까운 뉴 그랜드 호텔 본관 1층에 있는 '더 카페'이다. 이곳이 푸딩 알라모드 발상지라고 한다.

『그 메뉴가 태어난 가게』라는 책에 따르면 푸딩 알라모드는 전쟁이 끝나고 얼마 되지 않았을 때, 미국의 장교 부인을 위해 고안한 디저트라나.

"맛뿐만이 아니라 양도 미국 사람들에게 맞춰야 했습니다." 하는 가게 측의 인터뷰를 읽고 생각했다. 오호라, 그래서 양을 늘린 결과 이 디오라마 디저트가 나왔구나. 셰프도 이 디저트를 고안하는 과정이 즐겁지 않았을까. 프라모델을 만들 때처럼 말이다.

재미있는 것은 푸딩 알라모드의 그릇이다.

'양이 많은 탓에 푸딩 알라모드는 종래의 디저트 접시에 다 담을 수 없어서 청어 초절임에 사용했던 푸티드 디저트볼°에 제공하기로 했다.'

책에는 조그맣게 부연 설명이 있었다. 세상에, 그 다리 달린 유리 용기는 고육지책이었던 것이다.

° 다리가 있는 유리 그릇.

참고로 푸딩의 탄생 비화는 『양과자 이야기』라는 책에 소개됐다. 영국의 해군 셰프가 남은 식재료를 하나로 모아서 쪄본 것이 푸딩의 시작이라고 한다.

푸딩 알라모드가 나왔다.

발상지인 가게의 푸딩 알라모드다.

귀엽다. 사과 토끼도 있다. 앵두 해님도 있다. 푸딩 산은 자그마하지만 묵직한 인상이다. 달걀을 넉넉히 사용했을지도 모른다. 푸딩 산 뒤에 푸딩 바위가 있다. 점잖은 센스다. 나라면 무엇을 놓았을까? 웨하스 나무?

나는 푸딩 알라모드에게 침입자이다. 완결된 세계를 조금씩 허물어뜨리는 거인이다.

만드는 것도 즐겁지만 허무는 것도 역시 즐겁다. '동물들의 여행' 놀이 후 뒷정리를 할 때처럼 말이다. 싸악 그러모아서 뚜껑 달린 바구니에 넣을 때의 개운함이란!

자, 이제 푸딩 알라모드의 디오라마를 부숴 볼까!

솔직히 말하면 나는 어른이 되어 푸딩을 그리 좋아하지 않게 되었다. 다른 디저트도 있는데 굳이 밖에서 먹고 싶은 마음은 들지 않았다. 그래서 이 발상지 가게에서 먹는 푸딩 알라모드가 인생 마지막 푸딩 알라모드가 될지도 모른다.

안녕, 청어 초절임 접시의 디오라마 세계.

안녕, 귀여운 푸딩 알라모드 나라.

푸딩 알라모드가
납작한 접시에 나오면
좀 흥이 안 나죠.

귀여운 멜론빵

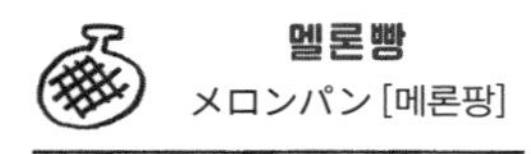

빵 가게에 들어간다. 뭐로 할까, 하고 혀를 톡톡 차며 둘러보다 멜론빵을 발견하면 마음이 놓인다.

"아, 있다."

늘 사는 건 아니고, 사지 않을 때가 많지만 없으면 쓸쓸하다.

쟁반에 올망졸망 늘어서 있는 그 모습. 모자를 쓴 유치원생들이 놀고 있는 것 같은 천진난만한 귀여움이 있다.

멜론빵에는 기본적으로 멜론이 들어가지 않는다. 그런데도 전혀 주눅 들지 않는다. 그 자유로운 느낌도 아이 같다.

만약 건포도빵에 건포도가 한 알도 들어가지 않았다면?

사람들의 항의를 피할 수 없을 것이다.

"건포도빵인데 건포도가 없다니요?"

"손님, 이건 포도송이 모양 빵입니다."

이렇게 대답하면 싸움이 날 것 같다. 멜론빵이라면 아무런 문제도 없는데.

『멜론빵의 진실』이라는 책을 읽어 보니 멜론빵 이름의 유래에는 여러 가지 설이 있는 것 같다.

- 표면이 갈라진 모습이 머스크멜론 껍질과 닮았다.
- 고급스러운 머스크멜론 인기에 편승하여 멜론 모양과 그물 무늬를 닮은 빵을 고안했다.
- '머랭'이란 발음이 '멜론'이 되었다(멜론빵 표면의 비스킷 생지에 머랭을 넣은 것 같다).

유래는 여전히 수수께끼인 듯하다. 미스터리한 빵이다.

세 가지 설 중 두 가지에 머스크멜론이 등장한다. 멜론계의 그물 무늬 대표라고 하면 역시 머스크멜론일 것이다.

참고로 멜론은 그물 무늬가 있는 네트형과 그물 무늬가 없는 노(no)네트형으로 분류되는데 『과실 사전』에 따르면 태생이 네트형이어도 온도나 습도나 수분의 균형이 무너지면 무늬 없이 매끈매끈해진다고 한다. 『채소원예 대백과 4-멜론』에 따르면 멜론에 그물 무늬가 생기는 이유는 유전적인 요소가 크지만, 자라는 환경이 다르면 원래 네트형 멜론이어야 하는데 빡빡머리 멜론이 되는 일도 있다고 한다.

그물 무늬가 잘 나오지 않았다고 해서 대머리니 빡빡머리니 하는 건 좀…….

그런데 네트형 멜론의 그물 무늬 정체는 대체 뭘까?

조사해 보고 놀랐다. 놀랐다기보다 살짝 움찔했다.

세상에, 그게 실은 '부스럼 딱지'였던 것이다.

멜론의 과육이 커지면서 알맹이 쪽이 겉껍질보다 성장하여 점점 부푼다. 그러면 겉껍질에 금이 가고 균열이 생기고, 그 균열에서 즙이 나온다.

'귀한 멜론의 이미지를 깨는 것 같습니다만, 그 신기한 그물 무늬는 부스럼 딱지 같은 것입니다.'

『프루트 이야기-맛있는 과일들의 '비밀'』에는 이런 사실이 기록되어 있다.

그렇다면 현재 멜론빵에 들어간 무늬도 당연히 부스럼 딱지를 흉내 낸 것. 멜론빵은 자신이 부스럼 딱지를 흉내 내는 것도 모르고 계속 구워지고 있는 것이다.

그러나 아마 그들은 표면이 딱지건 매끄럽건 전혀 개의치 않는 것 같다. 게다가 바삭바삭해도 맛있고 촉촉해도 맛있다.

일본 서쪽 지방에는 가늘고 긴 참외 모양의 멜론빵도 있는 것 같다. 모양조차 멜론에 연연하지 않는 빵이다.

나는 오사카 출신이지만, 옛날에 참외 모양 멜론빵을 먹은 적도 있다. 먹을 때 멜론빵이라는 인식은 없었지만 멜론빵이라고 불렀던 것 같다. 내 기억이 모호해도 아마 멜론빵은 용서해 줄 거라고 생각한다.

최근에는 멜론 과즙이나 과육이 든 멜론빵도 있다. 도쿄 우에노의 빵 가게 'HOKUO'에서는 멜론빵에 눈과 코를 붙여서 귀여운 '멜론판다'로 판매하고 있다.

인터넷에 검색해 보니 '딸기멜론빵' '바나나멜론빵' '파인애플멜론빵' '망고멜론빵' 등 멜론빵은 다양한 과일들과 조합하여 판매되고 있었다. 놀랍게도 '카레멜론빵'까지 등장하여 매운 맛 쪽과도 교류를 하고 있다.

무슨 맛이어도 괜찮다, 무슨 색이어도 괜찮다, 라는 느낌이려나. 이제 어떤 거라도 좋다.

멜론빵이라고 하면 멜론빵인 거다.

상처 입은 자만이 아는 부드럽게 감싸주는 듯한 다정함. 멜론빵은 앞으로도 끊임없이 진화하여 빵 가게 쟁반에서 귀엽게 계속 놀 것이다.

멜론판다도,
우리 집 근처에서 파는
멜론거북이도,

귀여운 반복

판다

에이메이, 라우힌,
요우힌, 토힌,
유이힌, 사이힌
여섯 마리
다 점잖아!

이름에는
패턴이
있어요.

그렇지만
판다 이름이
라고 하면
반복 음으로
된 이미지지.

'샨샨'처럼
같은
소리가
되풀이
돼.

일본에 처음 온
판다는 캉캉과 랑랑.

와카야마에 있는
어드벤처월드의
판다 이름은 다르네.
라고
생각하다
보니
오옷

1972년이니
벌써 50년도
전이지만
어려서
그 시절
일은 기억에
없네…….

그러나
그 후
링링과
랑랑이라는
쌍둥이
듀오가
데뷔한 것은
기억나네요.

귀여운
이름이네.
라고 생각
했어요.

둘 다 같은
유니폼을
입고
귀여웠지만,
인형도
갖고
있었다

우에노 동물원의
샨샨도
약간 방울소리
느낌이어서
좋아하는
이름
입니다.

나는 링링을
좋아했어요.

다음에
아기 판다가
태어나면

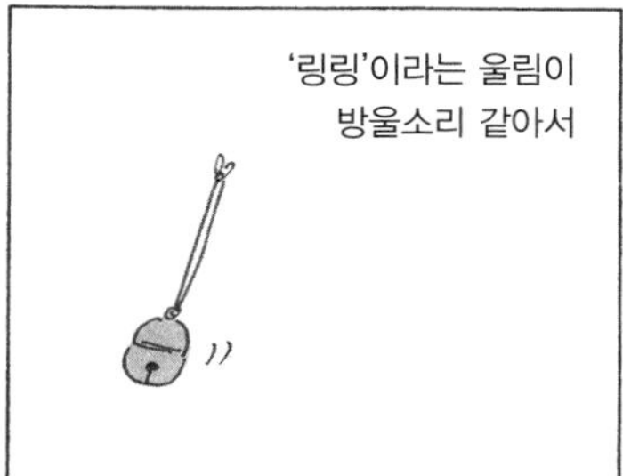
'링링'이라는 울림이
방울소리 같아서

'치링치링'은
어떨까요?

종이풍선의 귀여움

종이풍선
かみふうせん [카미후우센]

입김을 불어넣으면 부스럭부스럭 소리를 내면서 부풀어 오르는 종이풍선. 평범한 종이인데 평면에서 입체가 되는 순간, "아, 귀여워." 하는 생각과 함께 정이 가득 부푼다.

종이풍선은 원래대로 돌아가지 않는다. 비치볼처럼 다 놀고 나면 공기를 빼두었다가 다시 사용하는 일이 없다. 한 번 부풀리면 끝이다. 빵빵하게 부푼 종이에 조금씩 주름이 늘고 생기가 없어지고 흐물거리다가 조용히 세상에서 사라진다.

어딘가 우리의 일생을 닮았다. 정이 갈 만도 하다.

뜬금없지만 여기서 밸런스 게임입니다.

모르는 사람이 부풀린 종이풍선과 입 냄새가 심한 지인이 부풀린 종이풍선. 어느 쪽을 선택하겠어요?

내가 던진 질문이지만, 좀처럼 대답할 수 없다.

종이풍선의 구멍은 닫히지 않는다. 결국에는 단순히 공기가 된다고 해도 부풀렸을 당시에는 '그 사람의 입김'이다. 그래서 종이풍선으로 놀고 싶지만 놀고 싶지 않기도 하다. 누구의 입김이라도 사랑스럽기만 한 건 아니라는 부분이 역시 인간미 있다.

『상쾌한 입김의 과학』이라는 책에서는 남자 중학생과 고등학생 783명을 대상으로 '타인의 입 냄새를 느꼈을 때 말을 해주는가'라는 흥미진진한 설문을 했다.

결과는 가족이라면 말한다가 약 30퍼센트, 친구라면 약 6퍼센트였다.

'가족에게는 거침없이 의견을 말하는 남학생조차 입 냄새를 지적하는 것만큼은 아무리 가족이라 해도 전체 남학생 중 3분의 1밖에 되지 않았습니다.' 하고 마무리했다.

입 냄새는 가족조차 말하기 어려운 것이다. 종이풍선을 불어

줄 때는 설령 친척 어린이에게 준다고 해도 일단 입 냄새를 확인하는 편이 좋을 것 같다.

각설하고, 종이풍선의 바탕이 된 것은 기구氣球라고 한다. 『쇼와레트로 박물관』이라는 책을 펼쳐보니 '실은 종이풍선의 근원은 1890년에 고쿄° 앞 광장에서 영국인이 만든 경기구가 힌트였다고 한다'라고 나와 있다.

'하늘을 나는 기구를 보고 작은 종이풍선을 만들어보았지.'

이것 역시 너무 귀여운 발상이다.

게다가 종이풍선의 역사를 더 조사해 보니 '도야마의 약장사'라는 키워드가 떴다. 도야마에 사는 약장사가 거래처 자녀들에게 선물로 종이풍선을 나눠주었다고 한다.

도야마의 약장사. 그러고 보니 어린 시절, 오사카의 우리 집에도 몇 달에 한 번, 불쑥 약장사가 나타났다. 항상 같은 사람이었을까, 다른 사람이었을까. 엄마가 현관에서 반갑게 얘기하던 걸 보면 친숙한 사람이었을 것이다.

엄마 옆에 앉아서 약장사가 우리 집 약상자 속을 체크하는

° 일왕이 사는 곳.

걸 같이 본 기억이 난다. 가장 많이 팔리는 것은 생채기에 바르는 약, 반창고, 감기약. 소풍이 있는 봄이나 가을에는 멀미약도 개봉했을지 모른다.

약장사가 체크하고 돌아간 뒤 약상자를 들여다보는 것이 즐거웠다. 빈틈없이 배치된 많은 약들. 좀처럼 사용하지 않는 약은 인기 많은 약을 샘내는 것 같아 보였다.

유감스럽지만, 약장사에게 종이풍선을 받은 기억은 없다. 그러나 분명히 받아서 갖고 놀았을 것이다. 몇몇 친구에게 물어보았더니 "받았어, 받았어." 하고 반갑다는 듯 말했다.

앗, 그렇지. 종이풍선이라고 하니 생각났는데 혼자 니가타 여행을 갔을 때, 기념품 매장에 유난히 종이풍선이 많았다. 니가타현 이즈모자키마치라는 곳에 국내 유일의 종이풍선 제조원이 있다나.

이소노 종이풍선 제조소 홈페이지에 들어가 보았다. 웬걸, 1919년부터 종이풍선을 만들었다는 게 아닌가. 이즈모자키마치는 원래 어촌 마을인데, 파도가 거친 겨울에는 부업으로 종이풍선을 열심히 만들었다고 한다.

이소노 종이풍선 제조소의 상품 라인업은 보는 것만으로도 너무나 즐겁다. 문어, 해파리, 펭귄, 금붕어, 장수풍뎅이 등 종류가 다양하다. 이렇게 유쾌한 종이풍선을 펑펑 쏘아 올리는 모습을 상상하니…….

"귀여워!"

컴퓨터 화면을 스크롤하면서 나도 모르게 싱글벙글 웃고 있다.

종이풍선의 종이는 팡 하고 쳤을 때에 나는 소리까지 다 생각해서 만든 거라고 어딘가에서 들은 적이 있다.

이 세상에 존재하는 온갖 소리 중에서 종이풍선의 팡 소리는 확실하게 '귀여운 소리'로 분류해도 좋을 것이다.

좋아하는 선배가
불어준 풍선이라면

아마 테이프로 구멍을
막았을 거야(귀여워).

커다란 세계의 귀여운 재첩들

재첩
しじみ [시지미]

쇼핑카트를 밀며 슈퍼마켓을 돌다가 재첩을 발견했다. 작기도 해라. 새삼스럽게 들여다보았다. 옆에 나란히 있는 바지락에 비하면 어딘가 곰살맞다. 말이라도 걸어올 것 같은 모습이다.

혹시 재첩(시지미)은 시미지미(しみじみ: 곰곰이)에서 이름을 따온 걸까?

검색해 보니 그렇지는 않았다. 『일본어원 큰사전』에 따르면 '시지(縮小: 축소)'와 '미(貝: 조개)'를 합쳐 '시지미'가 된 것 같다. 생긴 그대로의 이름이다. 그러고 보니 같은 이름의 작은 나비도 있다.

시지미초(シジミチョウ: 부전나비). 예전에 근처 공원에서 종종 본 기억이 난다.

부전나비는 상당히 밋밋한 존재였다.

"앗, 나비다!" 하고 놀이를 중단하고까지 쫓아갈 정도는 아니고, '어, 오늘도 있네.' 하고 속으로 생각하고 마는 정도였다. 지면 가까이에서 힘없이 나는 부전나비는 빈말로라도 예쁘다고 할 수 없었다.

하지만 아이들에게는 은근히 인기가 있었다. 검은 호랑나비가 형 나비, 누나 나비라면 부전나비는 아기 나비. 자그마해서 어려 보였다. 괭이밥 꽃에 앉아 있는 모습은 오후에 낮잠 자는 아기처럼 보이기도 했다. 살금살금 다가가서 손가락으로 쉽게 잡을 수 있는 것도 인기 있는 이유였다.

여리고 작고 빈틈이 있는 부전나비는 또래 아이 같아서 친근감이 생겼는지도 모른다.

『부전나비 관찰사전』을 보니 일본에는 현재 부전나비가 약 70종류 있다. '시지미초라는 이름은 재첩처럼 작은 나비라는 뜻으로 지었다'고 한다.

'이 나비는 재첩을 닮았구나. 그럼 같은 이름으로 할까.'

이런 식으로 단순하게 붙인 이름인 것이다.

부전나비 중에는 제비부전나비, 까마귀부전나비, 사과부전나비 등 다양한 종류가 있다. 색과 모양이 닮아서 그렇게 이름을 지었겠지만 생각해 보시라. 원래 '시지미초(부전나비)'의 '시지미(재첩)'도 타인 명의다. 거기다 제비, 까마귀, 사과까지 빌리다니……. 참으로 불성실한 네이밍이네.

『부전나비 관찰사전』에서 보니 남방부전나비 수컷들은 민들레 솜털을 암컷으로 착각하는 모양이다. 참고로 이 남방부전나비는 일본에 가장 널리 분포한 종으로, 내가 어릴 때 보았던 것도 이 종인 듯하다.

민들레의 솜털……. 아무리 애써도 나비로는 보이지 않는데, 남방부전나비 수컷들은 암컷으로 착각해서 대소동을 일으킨다니……. 민들레 솜털에게 구애하는 사진도 실려 있는데 뭐랄까, 상당히 둔해 보인다.

큰 나비들과 달리 남방부전나비는 사육도 간단해서 빈 푸딩 컵에 가둬 놓고 누구라도 키울 수 있다고 한다. 민들레 솜털도 그렇고 빈 푸딩 컵도 그렇고 단어가 전부 소박해서 알수록 정이 든다.

『부전나비 관찰사전』 후기에는 이렇게 쓰여 있었다.

'부전나비의 몸은 복안도, 촉각도, 날개의 인분도 무엇 하나 빠짐없이 정밀하게 만들어졌습니다.'

세상에서 제일 작은 나비는 북아메리카에 분포하는 피그미부전나비라고 한다. 날개를 다 펼쳐도 겨우 12밀리미터. 그러나 그 몸속에는 다른 나비와 똑같이 필요한 것을 전부 갖추고 있다. 물과 육지의 작은 재첩들이 이 큰 세계에서 열심히 살고 있다고 생각하니 새삼 더 귀엽게 느껴졌다.

시가현 오미하치만시에
여행 갔을 때,
비와호 근처 호텔의
기념품 코너에서 발견!

너무 귀여워서 사고 말았답니다.

귀여운 철도 도시락 차茶

철도 도시락
えきべん [에키벤]

영국인 식물사 연구가 헬렌 세이버리 씨가 쓴 『차茶의 역사』를 보면 이런 이야기가 있다.

'일본인은 카페를 아주 좋아해서 사람을 만날 때도 집이 아니라 카페를 자주 이용한다.'

그런가. 일본인은 카페를 그냥 좋아하는 게 아니라 아주 좋아하는 건가. 하긴 나도 카페를 아주 좋아한다. 미팅을 하러 카페에 가서는 미팅이 끝난 뒤 혼자 어느 카페에 갈지부터 매번 생각한다.

그러나 나는 헬렌 씨에게 이 사실도 전하고 싶다. 일본인은 '철도 도시락'도 아주 좋아해요, 라고.

철도 도시락.

그가 철도 도시락에 관해 조사를 시작한다면 바로 재미있는 사실을 깨달을 것이다.

'네? 일본인은 철도 도시락을 집에서 먹어요?'

이따금 슈퍼마켓 전단에 철도 도시락 판매 행사가 등장하곤 한다. 슈퍼에서 철도 도시락을 사서 여행 가는 사람은 없다고 단언할 순 없지만, 보통은 슈퍼에서 사면 집에 와서 먹을 것이다.

'Why?' (헬렌 씨의 목소리)

가격도 별 차이 없을 텐데 왜 철도 도시락을 굳이 집에서 먹는 걸까?

기차에서 철도 도시락을 먹었던 추억이 있기 때문에 즐거움과 재미가 있다고나 할까. 가족끼리 여행 프로그램을 보면서 철도 도시락을 먹기도 한다. 이것도 여간 흥이 나는 게 아니다.

나는 여행을 가도 철도 도시락은 거의 사지 않았다. 도시락을 사 먹기보다 이것저것 다양하게 사 먹는 걸 좋아한다. 주먹밥과 반찬, 샌드위치와 크로켓 등 차내의 미니 테이블에 자잘하게 늘어놓고 먹는 것이 취향이지만, 도시락 매장에서 철도 도시락 견본 보는 것은 정말 좋아한다! 매번 가게 앞에 예술적으로 배치된 밥과 반찬을 넋놓고 본다.

헬렌 씨, 일본인은 여러 가지 각도에서 철도 도시락을 아주 좋아한답니다.

자, 드디어 본론이다. 철도 도시락을 보는 것도 즐겁지만 거기에 따라 나오는 차茶가 정말 귀엽다.

철도 도시락 차를 모르는 사람은, 당연하지만 철도 도시락 차를 본 적 없는 세대다.

있답니다요. 철도 도시락 전용 차가.

그 차가 담긴 용기를 어떻게 설명해야 이해하기 쉬울까.

요구르트 병 두 배 크기의 폴리에틸렌 용기에 가느다란 철사 손잡이가 달려 있다. 이 철사의 키치함이 귀엽다. 철사는 힘이 없으니까 꽉 쥐는 게 아니라 엄지와 검지로 살짝 집어 올려야 한다. 보호라기보다 애호해 주어야 하는 느낌이 든다.

내가 어린 시절에는 이 폴리에틸렌 용기의 차를 철도 도시락과 세트로 팔았다. 차를 마신 뒤 빈 용기는 버리지 않고 집에 갖고 와서 보리차나 주스를 담아 먹곤 했다. 아이의 작은 손에도 딱 좋은 크기였다.

캔과 페트병 차가 등장하여 지금은 보이지 않지만, 그 폴리에틸렌 용기에 담긴 차의 역사는 어떨까?

『철도 도시락학 강좌』를 읽고 놀랐다. 폴리에틸렌 용기 차 이전에 토병土瓶에 든 차가 있었다는 게 아닌가.

토병 차를 모르는 사람은, 당연하지만 토병 차를 본 적 없는 세대다. 폴리에틸렌 용기의 차를 아는 정도로 아는 척한 내가 부끄럽다.

『철도 도시락학 강좌』에는 '역에서 파는 차 용기의 변천'이라는 제목으로 그 역사가 자세히 나왔다.

'1989년 도카이도선이 개통되었을 무렵, 시즈오카역에 있는 철도 도시락 가게 '산세이켄(현재 도카이켄)'이 시가라키야키°의

° 시가현 시가라키 지역에서 만든 도기.

토병에 명물인 시즈오카 차를 담아 철도 도시락과 함께 플랫폼에서 팔았다. 이것이 역에서 판 차 제1호라고 한다.'

토병에 든 차는 '기차 토병'이라는 이름으로 친숙해졌고 제1호는 시가라키야키로 시작해, 그 후 마스, 다지미, 세도 등 여러 가마의 토병과 함께 전국에 퍼졌다. 사진도 실렸는데, 찻잔과 세트로 되어 있는 모습이 보기에는 그냥 찻주전자다. 사진뿐이어서 크기는 어느 정도인지 잘 모르겠다.

찻주전자 모양 이외에 네모 모양, 가늘고 길쭉한 모양, 찻잔 모양 등 기차 토병의 모양은 각양각색이다. 특이하게 유리제품도 있었지만, 이것은 오줌병 같다는 불평이 있었다고 한다.

시대가 바뀌어 쇼와 30년대(1955~1964)가 되자, 가볍고 원가가 싼 폴리에틸렌 용기가 등장하여 기차 토병은 사라졌다. 내가 그립다, 귀엽다 하는 것이 바로 이 용기다.

폴리에틸렌 용기에 관해서는 이렇게 쓰여 있었다.

'이 용기의 이름은 아직 없다.'

슬프다.

'기차 토병' 같은 시적인 이름도 없이 캔이나 페트병에 밀려나 쓸쓸한 쇠퇴의 길로…….

그래도 인터넷에서 검색해 보니 아직 전국에 몇 군데 판매하는 역이 있었다.

2, 3년 전이었을까.

도쿄에서 지하철을 탔는데 맞은편 자리에 고령의 남성이 폴리에틸렌 용기에 차를 담아 마시는 걸 목격했다. 소지품을 보아하니 여행자는 아니었고, 지하철에서 철도 도시락은 팔지 않았다. 여행지에서 폴리에틸렌 용기에 담긴 차를 마신 뒤 재이용한 게 분명해서 "아직 팔고 있구나!" 하고 놀랐다.

그렇다 해도 그분, 편리한 페트병이 널린 세상에 굳이 폴리에틸렌 용기의 차를 샀구나. 귀여워라.

나도 또 마시고 싶다. 이름도 없는 폴리에틸렌 용기에 담긴 차. 힘없는 철사 손잡이를 잡고 달랑거리면서 근처 공원을 산책하고 싶다. 그때의 나는 누구의 눈에도 행복해 보이겠지.

도쿄 신바시에 있는
'구신바시 정류장
철도역사 전시실'에
당시의 기차 토병이
전시되어 있었습니다.

1홉들이, 2홉들이 등
크기도 다양하게 있더군요.

샤프심의 귀여운 위로

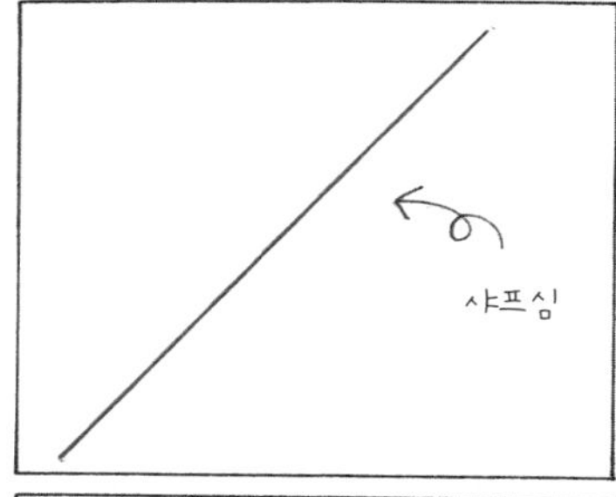
샤프심

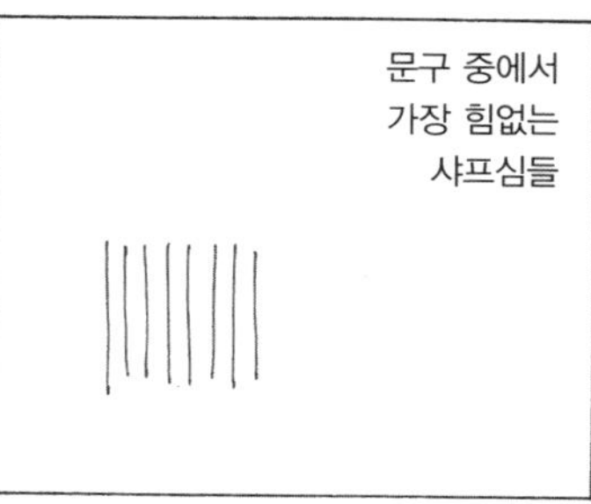
문구 중에서
가장 힘없는
샤프심들

태어나서
처음으로
샤프심을
만화 컷에
그렸네.

그런 그들이 서로를
위로하면서
케이스에 들어가
HB
0.5

0.5밀리미터
심을 끼운
샤프펜슬로
그린
0.5밀리미터
샤프심
그림이니까

조용히 쓰일 차례를
기다리고 있다고
생각하니……
HB
0.5

응 응
그림을
못 그린다는
사람도
샤프심
만큼은
리얼하게
그릴 수
있겠지.

하핫
귀여워엉.

다이도구에 있는
'일본문구
자료관'에
가 보았습니다.
가녀려
보여도
심지는
단단해.
라고
할까나
오-
샤프펜슬은
1877년에
일본으로 처음
수입됐구나.
심지는
강하지만
국내에서
만든 건
1915년
하야카와
금속공업에서
였고!
샤프심 통을
흔들 때의 소리는
사라락사라락
귀엽습니다.
저 샤프!!
앗?
현재의
'샤프'.

보풀들의 귀여운 집회

보풀.

골칫거리다. 나도 어른이 된 뒤로는 보풀을 좋아하지 않지만 어린 시절에는 보풀이 좋았다. 정확하게 말하면 보풀들을 좋아했다.

어느새 스웨터 여기저기에 서식하는 보풀. 어린 내게는 보풀들이 모여서 놀고 있는 것처럼 보였다.

물끄러미 관찰해 보면 보풀도 크고 작은 게 있어서 오빠나 언니, 남동생이나 여동생 등 여러 아이들이 모여 있다. 무슨 놀이를 하는지는 모르겠지만 그들은 알콩달콩 사이가 좋았다.

그러나 보풀들은 어느 날 홀연히 모습을 감춘다. 엄마가 쪽가위 같은 것으로 처리해서겠지만, 없어져서 슬퍼한 적은 없다. 그들이 다시 모일 거란 예감이 있었고, 애초에 그렇게까지 감정 이입을 한 건 아니었다. 나만의 소소한 이야기였다.

그렇다면 보풀의 역사는 어떻게 될까? 일본은 목양에 친숙하지 않아서 양털을 입는 문화도 오래되지 않았을 터다.

『일본복식사』를 펼쳐보니 '중세 말기에 남만인이 갖고 온 나사°는 전국 시대에는 진바오리°°, 도우부쿠°°°, 에도 시대의 카지바오리°°°° 등에 사용됐는데, 전부 수입품이었다'라고 나왔다. 참고로 나사는 모직물을 말한다.

전국 시대의 무장들이 밤이면 밤마다 진바오리 보풀을 뜯는 상상을 하니 좀 귀엽다. 진바오리에 보풀이 생겼는지는 모르겠지만, 아마 그 당시에 '보풀'이란 말은 존재하지 않았겠지.

° 양털로 짠 두툼한 방모 직물.
°° 갑옷 위에 입던 옷으로 비단이나 나사로 만든 것.
°°° 갑옷 위에 입던 길이가 짧은 상의.
°°°° 화재시 입는 겉옷.

『일본복식사』에 따르면 민영으로 본격적인 모직물을 생산하기 시작한 것은 1881년이다. 다만 서민에게 퍼진 것은 좀 더 나중이라고 한다. 『일본인의 모습과 생활』에는 방한구라는 말이 본격적으로 쓰인 것은 1910년대라고 나와 있다. 여성들에게 모직물 등으로 만든 속바지를 속옷 삼아 입도록 장려한 것 같다. 요컨대 털실 속바지이다. 1922년 가을에는 털실 제품이 대유행하여 털실 가게가 번성했다고 한다. 그렇다면 털실과의 만남, 즉 보풀과의 만남은 백 년 남짓 됐다. 오랜 만남이다.

전동 보풀제거기라는 획기적인 상품이 등장하여 보풀들에게는 놀 장소가 줄었지만, 그들은 지금도 틈만 나면 스웨터 공원에 몰래 굴러들어가서 건강하게 뛰어놀고 있다.

보풀. 어떤 아이들일까.

몇 개의 사전에서 '보풀'을 찾아보았다.

'편물이나 직물의 거죽에 잔털이 꼬여서 생긴 작은 방울'

『다이지린』

잔털이 꼬이다……. 좀 센 보풀이네. 아니, 센 척하지만 보드

랍고 따스한 마음을 가졌을 것이다.

'털실 편물이나 메리야스의 털의 일부가 꼬여서 작은 방울이 된 것'

『고단샤 컬러판 일본어대사전』

꼬여서 작은 방울……. 꼬이다, 뒤틀리다, 엉클어지다. 분명히 고민이 있는 보풀이다. 대체 어떤 고민일까. 전동 보풀제거기가 아니라 T자 면도기로 최후를 맞고 싶다는 고민이었을지도 모른다. 그러고 보니 스웨터의 보풀을 T자 면도기로 부드럽게 달래듯이 제거하는 방법도 있는 것 같다.

'편물이나 직물 표면의 털이 단단해져서 방울처럼 된 것'

『슈에이샤 사전』

방울처럼 된 것……. '작다'는 말이 여기에는 없다. 그래서인지 부티 나는 인상을 준다. 구슬 같은 보풀일지도 모른다. 부잣집 보풀일 것이다. 공원에 최신 장난감을 갖고 나타난 친구 같은 느낌이다.

내 어린 시절에도 그런 아이가 있었다. 다들 새 장난감을 빌리고 싶어서 무진장 친절하게 대했지.

꼬인 보풀, 고민 많은 보풀, 부자 보풀. 여러 보풀들이 모여서 스웨터 표면에서 놀고 있다고 상상하니, 어른은 됐지만 '보풀은 역시 귀여울지도?' 하는 마음이 든다. ……드나?

보풀에게도 마음이 있다.

어느 아이들 마음속에나 이처럼 비슷한 귀여운 얘기가 있을 것이다.

내게도 보풀 이외의 비밀 이야기가 있다. 이쑤시개 이야기다. 이쑤시개 통에 빼곡하게 꽂힌 이쑤시개들. 바깥쪽 이쑤시개는 탄탄하고 안쪽으로 갈수록 연약한 아이다. 약자를 지키기 위한 편성으로 그들은 이쑤시개 통에 꽂혀 있다, 라는 게 내 마음속에서 정한 이야기였다.

12색 색연필 세트에도, 초등학교 때 그림물감 세트에도, 엄마의 바느질 상자 단추에도 다양한 성격의 아이가 있고 모두 씩씩하게 살고 있었다. 내게는 모두 소중한 이야기다.

'보풀'을 사전에서 찾을 때
'보풀' 다음이 '짐승'이라°

귀여운 쪽을
응원하고 싶은 것은
인지상정.

° 보풀은 일본어로 '케다마けだま', 짐승은 일본어로 '케다모노けだもの'.

살랑거리는 귀여운 가름끈

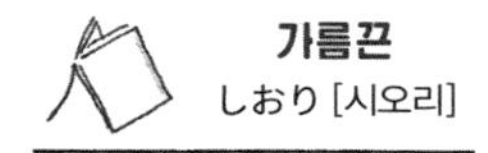

책상 앞에 멍하니 앉아 있는데 창으로 들어오는 바람에 팔랑거리는 줄이 있었다.

그러고 보니 이거 귀엽잖아!

쌓여 있는 단행본에서 튀어나온 '가름끈'이다. 일본 출판업계에서는 '스핀'이라고 부르는 것 같다.

『신일영新和英 대사전』에서 '스핀'을 찾아보니 영어로는 '북마크' 혹은 '리본'이라고 한다. 가름끈을 스핀이라고 부르는 것은 일본에서만 쓰는 표현이었다.

스핀.

그게 아닌데, 하는 생각이 든다. 아침에 일어난 초등학생 머리칼처럼 보드랍고 포시시한 느낌인데……. 스핀이라는 날카로운 이름보다 좀 더 나긋나긋한 이름이 좋지 않을까.

이제 와서 새 이름을 생각해 봤자 이미 정해진 이름이라 어쩔 수 없다.

제본회사 홈페이지를 슬쩍 들여다보니 물감 수 만큼은 아니지만, 가름끈의 색 견본도 많이 있었다. 웬걸, 형광색까지 있다. 책을 디자인하는 사람들의 끝없는 애정에 이런 가짓수가 된 것이다.

게다가 그 애정은 색을 다양하게 만든 것뿐만이 아니라 구두끈처럼 폭도 넓은 것까지 만들었다. 대형 화집에는 이 정도 박력이 필요할 것이다.

자, 이 스핀. 『일본국어대사전』에서 찾아보았다. 뜻풀이가 많았다.

1. 도는 것. 회전. 선회.

2. 비행기의 나선식 강하.

3. 피겨스케이트 용어. 빙상에서 팽이처럼 몸을 돌리는 것.

4. 테니스나 탁구에서 공이 회전하는 것.

5. 댄스에서 엄지발가락을 축으로 하여 회전하는 것.

드디어 그럴 듯한 것이 등장했다.

6. 실을 잣는 것.

'실을 잣는 것'에서 책에 끼우는 끈을 스핀이라고 부르게 된 여정을 알 것 같았다.

그렇긴 하지만 일반적으로는 스핀을 '시오리(가름끈)'라고 한다. '시오리'에 관해서도 조사해 보려고『어원대사전』을 넘겨보았다.

시오리는 '원래는 시오루枝折る에서 나온 표현으로, 나뭇가지枝를 꺾어서折 이정표로 했다'는 것이다.

가름끈은 이정표라……오호.

뭔가 숙연해졌을 즈음, 헤이본샤에서 나온『세계 대백과사전』의 가름끈의 정의를 찾아서 읽고 점점 더 숙연해졌다.

'읽던 중인 책에 끼워두는 가름끈도 일종의 이정표다. 다만 그것은 독자가 읽던 책으로 돌아갈 때의 이정표다.'

로맨틱한 사전이네.

다 사 모으고 싶지만 집에 백과사전을 둘 만한 곳도 없어서, 앞으로도 도서관에서 애용해야 할 것 같다.

내 인생에서 더 오래된 가름끈의 추억이 있다. 그것은 가름끈의 식감이다.

아니, 먹지는 않았다.

먹지는 않았지만, 핥았다.

아마 초등학교에 들어가기 전이었을 거다. 아버지 책장에서 꺼낸 책이었다. 팔랑거리며 붙어 있는 줄이 귀엽고 재미있어서 장난감처럼 만지며 놀았다. 그러다 문득 핥아보고 싶어진 거지. 한쪽 끝에서부터 스윽 핥고 다시 돌아가서 스윽.

맛은 나지 않았다. 사락거리는 느낌이 있을 뿐이다. 사랑하는 딸이 당신 책의 가름끈을 맛보고 있을 때, 아버지는 열심히 일을 하고 있었다.

가름끈이 없어도 책은 읽을 수 있다. 그러나 있으면 기쁘다.

기쁘고 귀엽다.

나는 그 식감까지 알고 있고, 그것은 어린 시절의 내게로 돌아가는 '이정표'이기도 했다.

신초문고의 문고본에
가름끈이 있다는 것을
처음 알았습니다.

가름끈으로 만든 ‘발’,
귀여울지도 모르겠습니다.

젓가락받침의 귀여운 광채

젓가락받침.

젓가락을 놓기 위한 것이지만, 이것도 역시 '식기'라고 부르려나?

아니, 음식을 담을 수 없으니 식기의 동료에 끼지는 못할지도 모른다. 이들은 '젓가락받침'이라는 독립된 부서에서 일한다.

우리 집에도 몇 개 있다.

"귀여워라." 하고 여행지에서 산 것도 있고, "귀여워, 기뻐라! 고마워." 하고 선물 받은 것도 있다.

우리 집에서는 손님이 왔을 때만 등장하지만, 손님은 거의 오지 않아서 젓가락받침들은 이제나저제나 하고 서랍 속에서 멍하니 등장할 차례를 기다리고 있다.

젓가락받침이라고 간단히 말하지만 참 종류가 다양하다.

'젓가락받침'으로 이미지 검색을 해보면 끝도 없이 나온다.

단풍, 표주박, 종이학 등은 익숙한 전통 그룹이다. 고양이, 새, 판다 등의 동물도 있고, 연근, 완두콩, 고추 같은 채소도 나름대로 종류가 많다. 큰 물건도 있다. 열차, 비행기, 신칸센…….

찾아보면 우주선도 있지 않을까?

그래서 '우주선 젓가락받침'을 검색해 보았더니 누워 있는 우주비행사 배에 젓가락을 올린 사진이 나왔다.

젓가락을 받쳐주기 위해 각 분야에서 조그만 모습으로 찾아온 그들을 생각하면 매일 사용해 주고 싶은 마음이 든다.

그러나 사용하지 않는 이유는 명확하다.

젓가락을 별로 내려놓지 않는다.

잘 먹겠습니다, 하고 먹기 시작하면 착착착 골까지 정주행한다. 오른손에 젓가락, 왼손에 밥공기를 들고 있는 것은 저뿐인가요…….

이 젓가락받침, 언제부터 생긴 걸까.

『젓가락』이라는 책에 따르면 『무라사키 시키부 일기』 속에 이미 젓가락받침에 관한 기술이 있는 것으로 보아, 헤이안 시대(794~1185)에는 귀족의 밥상에 사용되고 있었다는 걸 알 수 있다. 그러나 그것은 젓가락 끝을 올려놓는 받침이라기보다, '바토반馬頭盤'이라고 해서 다리 달린 작은 쟁반 모양이었다고 한다. 바다 건너 중국에서 전해진 것 같다.

또 현재 젓가락받침 모양에 가까운 '미미카와라케(耳皿: 귀접시)'라고 불린 것도 있다.

'최초의 젓가락받침은 점토를 빚어서 원형으로 만들어, 양끝을 가볍게 세워서 구운 미미카와라케다.'

책에는 미미카와라케 사진도 같이 실렸는데, 정말로 귀耳 모양의 소박한 젓가락받침이다. 참고로 '카와라케'란 토기를 말한다. 그것이 시대와 함께 변화를 거쳐 '신칸센' 모양까지 됐다고 생각하니 뭔지 모르게 감개무량하다.

작은 젓가락받침에도 오랜 역사가 있었다.

젓가락받침은 해외 관광객 기념품으로도 인기가 있다고 들었다.

젓가락을 사용하지 않는 나라의 사람들은 젓가락받침을 사가서 어떻게 사용할까?

창가에 장식할지도 모른다. 서랍 손잡이 같은 걸로 이용할지 모른다. 브로치나 귀걸이를 하고 파티에 가는 사람도 없진 않을 것이다.

어떻게 사용해도 작고 귀여운 젓가락받침이지만, 젓가락받침이 가장 빛나는 순간은 그것을 처음 보았을 때가 아닐까?

살짝 집어서 손바닥에 올려놓는 그 순간.

손에 다 들어가지 않는 것이 많이 있지만, 젓가락받침은 손에 꼭 쥐면 보이지 않는다. 거기에는 귀여움과 함께 안도감조차 느껴진다.

젓가락받침 매장에서

젓가락 모양의
젓가락받침을
발견했습니다.

구불구불 귀여운 고양이 꼬리

꼬리
しっぽ [싯포]

고양이를 좋아한다. 고양이의 몸매도 좋아하지만 그중에서도 꼬리는 특히 더 귀엽다. 짧아도 귀엽지만 역시 가늘고 긴 꼬리가 최고다.

구불구불, 구불구불.

어딘지 모르게 장난감 같은 것이 귀엽다.

'구불구불' 하면 제일 먼저 생각나는 것은 대나무로 만든 장난감 뱀이다. 끝을 잡고 좌우로 흔들면 구불구불 뱀처럼 움직이는 그것. 대나무뿐만 아니라 플라스틱 제품도 있다. 빨강, 파랑 등 색이 화려한 것도 있다.

어린 시절에 부모님이 몇 번 사준 적이 있는데, 그 장난감 이름이 뭐였더라?

'구불구불 헤비(へび: 뱀) 장난감'으로 검색해 보니 인터넷에서는 '구불구불 헤비마루'라는 상품명으로 팔고 있었다. 플라스틱 재질이다.

상품 설명에는 '살아 있는 것처럼 움직이는 구불구불 헤비마루입니다'라고 나와 있다.

나는 안도했다.

'구불구불 헤비'가 아니라 '구불구불 헤비마루'라니. '마루°'가 붙어서 이름 같은 느낌이 있다. 성이 구불구불, 이름이 헤비마루인가. 그냥 구불구불 흔들어주는 장난감이 아니라 그들에게도 이름이 있어서 인간성 아니, 뱀성을 느낄 수 있다.

헤비마루. 착한 아이네. 사람들을 위해 몸을 열심히 흔들어 주고 있다.

재미있어서 더 검색했더니 이 뱀 장난감이 어마어마하게 진

° 소중하게 여기는 칼이나 반려동물이나 물건 등에 붙이는 접미어.

화했다. 글쎄, RC까지 나왔다.

상품 설명을 읽어 보았다.

“구불구불 기어가며 좌우 선회가 가능. 진짜 방울뱀 같은 무선조종, 스네이크 RC입니다.”

스네이크 RC는 헤비마루보다 좀 세다. 원거리 조종 리모컨도 세트로 구성되어 있다.

아아, 바닥을 기어 다니게 조종해 보고 싶다!

차나 비행기를 무선조종으로 움직이는 것과는 또 다른 현장감을 맛볼 수 있지 않을까.

그렇다. ‘구불구불 헤비마루’도, 고양이 꼬리도 그렇지만, ‘구불구불’에는 어딘가 가슴 설레게 하는 데가 있다. 리듬체조의 리본을 구불구불 돌려보고 싶은 마음이나 불이 붙은 막대 폭죽을 구불구불 흔들어보고 싶은 충동도 거기에서 나온 게 아닐까.

『고양이 사전』이라는 책을 펼쳐보았다.

고양이 꼬리에는 약 스무 개의 뼈가 있다고 한다. 몇 개가 있을지 상상한 적이 없어서 그 사실에는 별다른 감상이 없다.

‘덕분에 고양이는 뱀처럼 꼬리를 구불구불 움직이면서 균형을 잡습니다’라고 한다. 옳거니, 역시 뱀의 구불구불과 같았다.

고양이 꼬리는 커뮤니케이션에 사용되는 것으로도 유명한데, 가장 알기 쉬운 것은 위협할 때이다. 한껏 부풀어서 마치 여우꼬리처럼 된다. 뒷다리 사이로 꼬리를 끼워 넣는 것은 완전히 항복한다는 신호이다. 초조하거나 화날 때는 꼬리를 격렬하게 흔든다.

개에 비해 이기적이고 제멋대로라는 말을 듣는 고양이지만, 의외로 의사 표시는 단순하다.

그런가 하면 『고양이 교과서』에 이런 글이 있다.

'엄마 고양이가 새끼 고양이와 놀고 있을 때는 자기 의사로 움직인다기보다 꼬리가 멋대로 움직이는 것 같습니다.'

오, 무의식으로 구불구불 움직이는 여유도 있었던 것이다.

대단하네, 고양이 꼬리.

나는 이따금 공상한다.

사람에게 꼬리가 있다면 어떻게 사용할까.

일단 우산은 꼬리로 들겠지. 욕실에서 등을 씻을 때도 편리하겠군. 컴퓨터 앞에 앉을 때 꼬리로 어깨를 눌러주면 굉장히

시원하겠네.

그러나 무엇보다 좋을 것 같은 건 따로 있다.

카페에서 차를 마시면서 내 꼬리를 구불구불 움직이며 "귀여워라." 하고 바라보는 것.

꿈이 펼쳐지는 고양이 꼬리.

민들레 이름의 귀여운 울림

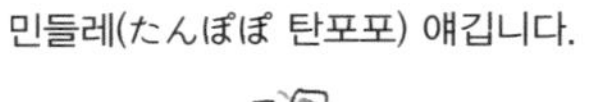

민들레(たんぽぽ 탄포포) 얘깁니다.

'포포'라는 울림이
너무나 귀여운 꽃이죠.

『생활의 말 신 어원사전』을 찾아보니

'탄포포'의 어원에 관해서는
여러 설이 있지만, '쓰즈미°'를
의미하는 유아어에서
나왔다는 설이 그럴 듯하네요.

라고, 나와 있고

"탄, 포포" 하는 소리로 들린다나.

° 나무로 만든 일본 전통 타악기로 장구와 비슷하다.

민들레에도
여러 가지가
있어서
간사이
민들레
간토
민들레
서양
민들레
그중에는
흰색 민들레도
있다.
하얀꽃
민들레.
그 이름도
무려
규슈나
중국에서는
흰색
민들레.
한번
보고싶어
그런데
민들레는
국화과
민들레속.
민들레속.
우와-
귀여워-
모든 게 귀여운
민들레였습니다.
포포
포포
포

새알심의 몰랑한 귀여움

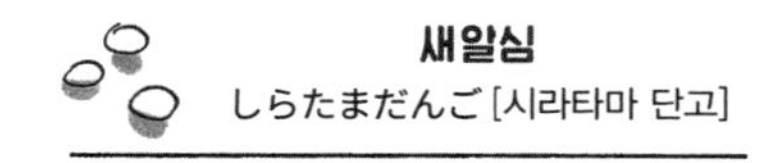

'시라타마 단고(새알심)'의 귀여움에 관해 생각해 보았다.

먼저 '라'가 귀엽다.

시로타마가 아니라 시라타마.°

'라'의 울림에는 통통 뛰고 싶어지는 발랄함이 있다. 기쁜 일이 있을 때 '라라라'나 '랄랄라' 하고 저절로 나오는 콧노래도 '라'의 울림이다.

° 시라타마의 한자 '白玉' 중 '白'는 주로 '시로'라고 발음한다.

시험 삼아, '시라라라~타마 단고'라고 지금 컴퓨터 앞에서 불러보니, 기분이 밝아지는 것까진 모르겠는데 적어도 어두워지지는 않았다.

새알심은 겉보기에도 귀엽다. 하얗고 조그맣고 동그랗다. 하얗고 작고 동그란 것 중에 귀엽지 않은 것이 있을까?

토끼 꼬리, 민들레의 솜털, 양송이버섯……. 하얀 바둑돌도 참 귀엽다.

어릴 때, 아버지의 바둑판에서 곧잘 놀았다. 바둑을 두는 규칙은 몰랐지만, 판 위에 늘어놓은 흰색과 검은색 바둑돌에 인격을 부여하여 내 멋대로 움직이는 것은 즐거웠다. 검은색 바둑돌은 언제나 씩씩하다. 흰색 바둑돌은 수줍음쟁이다. 나는 주로 흰색 바둑돌에 감정 이입하여 움직였다. 그래서인지 흰색 바둑돌과 닮은 새알심은 수줍음 많이 타는 성격처럼 보인다.

새알심. 다시 말하자면 경단이다.

『생활의 말 신 어원사전』에 따르면 경단에 관해 이렇게 쓰여 있다.

'쌀이나 잡곡 가루에 물을 섞어 반죽한 후, 동그랗게 말아서 찌

거나 삶은 것.'

경단이라고 하면 삼색경단이나 하나미경단°처럼 꼬치에 꽂은 것도 많다. 『도설 에도요리사전』에 따르면 에도 시대에는 꼬치에 꽂는 것이 일반적이었고, 한 꼬치에 다섯 알씩 꽂아서 5푼에 팔았다고 한다. 그러나 쇼와 시대(1764~1772년)가 되어 4푼짜리 동전이 생기자 한 꼬치에 경단 네 알을 꽂고 4푼이 되었다. 화폐에 따라 경단 개수도 달라진 것이다.

그러고 보니 『사전 화과자의 세계』에는 새알심도 4푼이었다고 적혀 있다.

'에도 시대에는 우물물을 퍼서 새알심과 설탕을 넣어 한 그릇에 4푼을 받고 판 물장수도 있었을 정도로 간편한 디저트였다.'

꼬치 경단도 4푼, 새알심 한 공기도 4푼.

만약 내가 에도 시대에 태어났더라면 4푼짜리 동전을 들고,

° 벚꽃놀이할 때 먹는 경단으로 분홍색, 초록색, 흰색으로 만든 경단.

"오늘 간식은 뭐로 할까나?" 하며 거리를 왔다 갔다 했을 게 분명하다.

그러고 보니 새알심이 꼬치에 꽂힌 것은 본 적이 없다. 경단은 경단이어도 새알심은 언제나 단독이다. 그러나 고독하지 않다. 반짝반짝 빛나는 새알심은 언제나 행복해 보인다.

그래서인가 안미쓰[°]나 단팥죽, 빙수[°°]가, "저기, 우리 집에 놀러와서 즐거운 얘기 좀 들려줘." 하고 유혹했는지도 모른다.

사람들 중에도 그런 사람이 있지 않을까. 유혹하기 쉬운 사람 혹은 유혹당하기 쉬운 사람. 초면인 사람과도 쉽게 잘 어울리고 또 모두를 미소 짓게 만드는 사람.

새알심만큼 귀염성 있는 사람이 될 수 있다면 얼마나 좋을까?

그렇게 되길 바라지만 나 자신을 냉정히 바라보면 경단은 경단이어도 뭐랄까, 참깨를 잔뜩 묻혀서 기름에 튀긴 듯 세 보이는 경단……이라고 해야 할까.

새알심은 만드는 법 설명이 귀여운 것도 특징이다.

° 일본식 디저트. 얼음이 없는 팥빙수 같다.
°° 이 세 가지에는 새알심이 필수로 들어간다.

조리법에 반드시 나오는 키워드, 그것은 귓불이다. 귓불 정도로 부드러워질 때까지 반죽해 주세요, 라고 써 있다.

새알심을 만드는 사람은 자기 귓불의 부드러움을 알고 있다는 말이니 그것도 뭔가 좀 귀엽다.

지금 왼쪽 손으로 귓불을 만져보았다. 그리고 하얗고 동그란 새알심의 존재를 생각해 보았다. 힐링은 이렇게 가까운 곳에도 존재하고 있었다.

슈퍼에서 일 년에 두 번 정도 찹쌀가루를 삽니다.

한 봉지 전부 사용해서
거대한 새알심을 만들 수 있을까요?

별사탕의 귀여운 연출

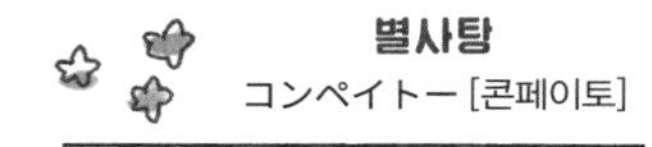

콘페이토(별사탕)가 콘페이토스라는 이름이었다면 일본에서 이렇게 오래 사랑받는 과자가 될 수 있었을까?

『서양과자-일본의 행보』에 따르면 콘페이토의 어원은 포르투갈어인 콘페이투confeito다. 이것을 음차하여 한자로 쓴 것이 금평당金平糖으로 '콘페이토'라고 읽는다. 금미당金米糖, 금병당金餅糖, 혼평당渾平糖이라는 음차어도 있다.°

° 한자는 다르지만 전부 '콘페이토'로 읽을 수 있다.

이 가운데 혼평당渾平糖은 약간 위화감이 있다. 혼渾에는 크다는 뜻도 있어서 별사탕이라는 조그마한 과자에 어울리지 않는다. 이 음차어를 생각한 사람은 별로 센스가 없는 사람이 아닐까.

아니, 아니, 별사탕의 역사를 조사해 보면 어쩌면 더 깊은 의미가 있을지도 모른다고 고쳐 생각했다.

1549년, 스페인 선교사 프란시스코 하비에르는 기독교 선교를 하러 가고시마에 나타났다. 에도 시대 유학자인 오제 호안의 『태각기』에 따르면 외국인이 선교 활동할 때는 길가에 모인 일본인들에게 다양한 과자를 나눠주었다고 한다. 그중에는 별사탕도 있었다.

별사탕을 들고 거친 파도를 뚫고서 먼 동양의 섬나라에 목숨 걸고 선교하러 온 선교사들. 대단한 의지 없이는 도저히 해낼 수 없었을 것이다.

선교사 루이스 프로이스는 교토에서 오다 노부나가를 만났을 때, 별사탕을 헌상했다고 한다.

몹시 긴장하지 않았을까, 프로이스 씨. 그러나 선교를 위해 혼신의 힘을 쥐어짠 것이리라. 그런 의미를 담아서 '渾(혼)'이라는 한자를 쓴 것인지도 모른다.

渾(혼)이란 한자를 썼건 金(금)이란 한자를 썼건 결국 그 울림이 귀엽다.

콘, 페이, 토, 콘, 페이, 토.

언덕길에서 실수로 콘페이토를 쏟으면 이런 소리를 내며 굴러갈 것 같다.

게다가 콘페이토의 주요 원료는 설탕이다. 이것을 '콘페이토스'라고 권태로운 울림의 이름으로 짓는다면 뭐랄까, 좀 오버하는 느낌이 나지 않을까.

원재료, 설탕, 콘페이토!

음, 느낌이 딱 와 닿는다.

내가 사먹긴 그렇지만 선물 받으면 "아, 귀여워!" 하고 기뻐할 과자. 울림도 귀엽지만 모양 역시 절묘하다. 마치 초원에서 따 온 작은 꽃 같다. 별사탕이란 이름 대신 '당화糖花'라고 불린 것도 이해가 간다.

어린 시절, 친구와 나눠먹던 추억도 있다. 모두 분홍색이나 노란색만 골라먹어서 점점 흰색만 남았다.

사탕이지만 장난감 같은 느낌이어서 알록달록한 색이 잘 어울린다. 그러고 보니 종이접기도, 구슬도, 블록도 처음에는 컬러풀한 것에 손이 간다. 그러나 흰색이 없으면 어딘가 허전한 것은 다 아는 사실.

별사탕.

먹는 순간에는 아무런 맛이 없어서 무언가의 부품인데 실수로 입에 넣은 것 같은 '두려움'이 있다. 그러나 그 두려움은 사탕이 천천히 녹은 뒤 "달다!" 하고 기뻐하기 위한 중요한 프롤로그이다. 모든 것이 별사탕의 계산된 귀여운 연출인 셈이다.

별사탕 넣은
베개를 베고 자면
귀여운 꿈을 꿀 수 있을 것 같습니다.

별사탕이
하늘에서 내려온다면
귀여움, 넘버 원

귀여운 붕어빵 탄생 이야기

붕어빵
たいやき [타이야키]

먹을 기회는 자주 없지만, 붕어빵°이 세상에서 사라진다면 쓸쓸할 것 같다.

붕어빵은 내가 그렇게 느낀 음식 중 하나다. 참고로 솜사탕이나 크림소다, 통조림 파인애플, 메추리알, 핫도그 등도 그런 종류다.

° 일본어로 타이야키. 타이는 '도미'라는 뜻으로 일본에서는 경사스러운 날 먹는 생선이다.

내가 붕어빵의 귀여움을 깨달은 것은 비교적 최근이다. 붕어빵 모양이 귀엽다기보다 붕어를 모티프로 고른 것이 귀엽다.

'메데타이(めでたい: 경사스럽다)' 할 때의 '타이(たい: 도미)' 모양으로 하자.

이런 흐름이 상상된다. 이 직설적인 아이디어가 목가적이고 귀엽다.

『음식 기원사전-일본 편』에 따르면 붕어빵을 고안한 것은 1909년에 창업한 나니와야 본점의 초대 사장인 간베 세이지로 씨였다고 한다.

세이지로 씨는 오사카에서 상경 후, 풀빵을 만들어 팔았다. 그러나 좀처럼 팔리지 않아서 거북이 모양으로 구워보았다고 한다.

세상에, 붕어빵의 전신은 거북이빵이었던 것이다.

'거북이. 경사스러운 동물이지. 무병장수를 기원하기도 하고 말이야.' 하는 생각이 떠올랐을 때 세이지로 씨도 설레지 않았을까. 하지만 막상 판매를 해보니 반응이 신통치 않아서 실패로 끝났다. 얇은 전병이라면 몰라도 앙금을 넣고 두껍게 만드니 거북이 생김새가 너무 리얼했는지도 모른다.

세이지로 씨는 거북이빵 외에도 전차빵, 체펠린빵도 고안했다는 기록이 『일본명과사전』에 나와 있다. 체펠린이란 독일의 체펠린 비행선을 말한다. 세이지로 씨가 연못의 거북이뿐만 아니라 더 넓은 세계로도 눈을 돌렸다는 것을 엿볼 수 있다.

그래서 나도 생각해 보기로 했다.

만약에 내가 판다면 어떤 모양으로 팔까.

해산물 중에서라면 게빵은 어떨까. 큰 집게 부분까지 앙금을 듬뿍 넣는 거다.

새우빵도 괜찮을지 모른다. 새우 중에서도 대하로. 고급스러울 거야. 그러나 주물 틀로 수염을 만드는 데 돈이 들 것 같다. 아, 게도, 새우도 껍데기가 두껍다. 부드러운 풀빵 모양으로는 어울리지 않을지도 모른다. 거북이빵의 패인도 어쩌면 여기에 있지 않았을까.

그럼 오징어는 어떨까. 문어도 좋다. 둘 다 부드럽다. 흐물거린다. 다만 축제 느낌이 좀 부족하다. 장어는 경사스러운 날 사용하는 단골 식재료지만, 너무 가늘어서 앙금을 넣기 어려울 것 같다. 역시 대박을 터트리는 게 쉬운 일이 아니구나.

이야기는 다시 거북이, 전차, 비행선 등 시행착오를 거듭한

세이지로 씨로 돌아간다. 그가 고심 끝에 도미 모양으로 만들어 팔았더니 드디어 먹혔다.

> '메데타이의 타이(도미) 모양으로 구웠더니 시바노킨스케초(가나스기) 일대에서 날개 돋친 듯이 팔렸다고 한다.'
>
> 『음식 기원사전-일본편』

> '고급 생선인 도미 모양을 본뜬 것을 가볍게 먹을 수 있다는 사실에 큰 인기를 끌었다.'
>
> 『일본명과사전』

거북이빵에는 지갑을 열지 않던 사람들이 붕어빵을 파는 순간 마구 사먹기 시작했다. 메데타이('경사스럽다'는 뜻)한 날이어서 타이(도미)를 샀다니. 절로 미소가 도는 단순함이다. 내가 귀엽다고 느낀 것은 역시 이 부분이었다.

그런데 붕어빵은 어디서부터 먹을지가 문제다.

꼬리부터인가, 머리부터인가.

"머리는 불쌍하니까 꼬리부터." 하면서 엄마가 붕어빵을 먹던 걸 기억한다. 나는 그 당시 어린아이였지만 마음속으로 이렇게 생각했다.

'어차피 다 먹을 거면서.'

나는 일부러 머리부터 먹었다. 그걸 본 엄마가 "아이고, 불쌍해라." 하고 웃었던 것도 역시 붕어빵처럼 따끈따끈한 추억이다.

그때 먹은 쇼와 시대의 붕어빵도, 지금 파는 붕어빵도 크기는 달라지지 않았을 텐데 왠지 작아진 느낌이다.

붕어빵이 아니라 내 손이 커진 것이다.

어린 시절의 내 손 크기를 짐작해 보면서 먹는 붕어빵은 달콤하면서 애틋한 간식이기도 하다.

좀 힘들어 보이는데.
크림이 입 안에
괜찮아?
붕어빵은 계속 진화하는 것 같습니다.
마을 축제 때 본 붕어빵
크림소다에 올리니 의외로 귀엽네.
공상
하하하
생선과 고기!
햄버그스테이크가 들어 있는 것도 본 적 있어요.
+

사이좋아서 귀여운 체리

체리
さくらんぼ [사쿠란보]

"체리를 그려 보세요."

이런 과제가 나오면 십중팔구 끝이 붙어 있는 가지에 빨간 동그라미 두 개가 달린 걸 그린다.

그 다정한 느낌이 역시 체리의 귀여움이다.

빨간 열매는 뺨을 찰싹 맞대고 있다.

마치 뭔가 비밀 얘기를 하는 것 같다. 학교에서 있었던 일일까. 아니면 좋아하는 아이 얘기일까. 반짝반짝 윤이 나는 껍질은 어린아이 뺨을 닮아서 귀여움에다 사랑스러움까지 더해진다.

그도 그럴 것이 『알아보니 과연! 과일의 모양』에 따르면 체리(사쿠란보)의 '-ㄴ보(んぼ)'는 '-ㄴ보(ん坊)'에서 왔다나. 보坊는 봇짱(坊っちゃん: 도련님)이란 뜻이다. 즉, 그 아이들은 체리 도련님이었다.

참고로 이 책에는 다른 예로 구이신보(食いしんぼ: 먹보), 가쿠렌보(かくれんぼ: 숨바꼭질), 아멘보(あめんぼ: 소금쟁이)의 '-ㄴ보(んぼ)'를 예로 들었다.

아멘보!

그 생물의 이름에 관해 생각해 본 적은 없지만, 아멘보의 '-ㄴ보'가 체리의 '-ㄴ보'와 마찬가지로 도련님이란 의미였다니. 갑자기 소금쟁이가 귀여워 보였다.

하지만 '보(棒: 막대기)' 같이 생겼다는 설도 있어서 도련님일 가능성이 희박해졌다. 소금쟁이 입장에서는 막대기보다 도련님 쪽이 기쁠 텐데, 하고 난생 처음으로 소금쟁이의 기분이 되어 보았다.

자, 다시 체리로.

『체리 그림책』을 펼쳐보는데, 체리만으로 책 한 권을 만들다니 놀랍다. 아무튼 책 내용에 따르면 체리가 서양에서 일본에 들어온 것은 메이지 시대(1868~1912)에 들어서이다. 1868년, 홋카이도에서 재배에 성공하여, 그 후 도호쿠 쪽으로 퍼져갔다고 한다.

그렇지만 기원전 4,000년경 고대 스위스의 유적에서 체리 씨가 출토됐고, 기원전 300년경의 그리스에서는 이미 재배되고 있었다나.

그렇게 옛날부터 있던 과일이 일본 아이들의 소풍 도시락에 들어가기까지 너무 많은 시간이 걸린 거 아닌가.

소풍 도시락의 체리.

체리는 평소 와그작대며 먹는 과일이라기보다 좀 고급스러운 '나들이용' 과일이다.

소풍 같은 행사 날에 도시락과 별도로 작은 용기에 체리만 넣어오는 아이도 있었다.

"엄마가 다 같이 먹으래."

같이 도시락을 먹던 아이가 그렇게 말하며 내놓으면 아이들의 기분은 급상승한다!

지금도 선명하게 기억나는 장면이 있다.

"엄마가 다 같이 먹으래."

그렇게 해서 다 같이 체리를 먹던 중, 한 여자아이가 손을 내밀어 집은 게 마침 꼭지 부분이어서 두 개 붙어 있는 체리가 올라왔다.

"아, 쌍둥이!"

그 아이는 무척 기뻐했다.

좋겠다, 좋겠다, 쌍둥이 체리.

하지만 그 귀한 체리는 역시 체리를 갖고 온 아이가 먹어야 하는 게 아닐까 하는 분위기여서 결국 주인에게 돌아갔다. 아이들도 상대방의 마음을 헤아릴 줄 아는 것이다.

체리의 명산지인 야마가타현 사가에시 홈페이지에는 이렇게 나와 있다.

'체리가 일본에 들어왔을 때 '오토桜桃'라고 불렀으나, 쇼와 시대 초기에 도쿄의 한 신문사가 '사쿠란보'라고 표현하여 점점 정착하게 됐습니다.'

이름을 붙여준 신문기자의 센스가 빛나는 명칭이다.

그러고 보니 『고지엔』의 마지막 단어가 바로 '-ㄴ보(ん坊)'.

2018년의 제7쇄에 추가됐다고 한다.

『고지엔』에 인정받았어요!

'체리 도련님'들이 손을 맞잡고 기뻐하는 것을 상상하니 왠지 유쾌해졌다.

◦ 이와나미쇼텐에서 1955년부터 간행된 일본어 사전. 내용의 권위와 신뢰성을 높게 평가받고 있다.

『과일과 나무 열매
가득한 그림책』에 따르면
체리 꼭지 한 팩을
끓여서 우려내면 완성된다고 하네요.

보온병의 귀여운 유래

° 일본어로는 '마호병(魔法瓶)'으로, 마법병이라는 뜻.

뜨거운 액체가
나오는 걸 보고
“마법(魔法: 마호)
같군.” 하고
말했다나요.
그대로
잖아.
하핫

내가 좋아한 건

일본에서
제일 오래된
보온병 광고에는
가장 작은 것이
13엔.
요즘 돈으로
40만 엔!
초고급품!

꽃무늬 포트가
등장했을 때.

디자인의
흐름을 따라
걷다가
세련
됐어.

테이블
위에 꽃,
그래
그래
을 놓는다는
느낌이
참 좋았어.

빨간색
사과모양도 발견!
구경하는 게
즐겁습니다.
귀여워

귀여
웠다.
꽃무늬
보온병이
너무나
갖고 싶어진
귀갓길이었습니다.

아플리케의 귀여운 추억

아플리케
アプリケ [아프리케]

아플리케의 어떤 점이 귀여운가 생각하다 보니 아플리케에 담긴 추억이 귀여운 게 아닌가 싶다.

아플리케에 얽힌 추억.

점퍼스커트의 가슴팍과 바지의 무릎 부분에 엄마가 다리미로 아플리케를 붙여주어서 몹시 기뻐한 그날.

병아리와 딸기.

어제까지 없었는데 오늘부터 무늬 있는 옷이 됐다. 세상이 조금 달라졌다. 달라졌다기보다 넓어졌다는 느낌이었다. 내 바지 무릎에 병아리 이야기가 더해진 것이다.

병아리는 아플리케 속에서 즐겁게 살고 있다. 병아리는 쇼핑하러 가는 참인지도 모른다. 아니면 친구를 만나러 가는 참인지도 모른다. 어린 나는 무릎에 있는 병아리 세계로 들어가서 즐거운 공상을 했다.

『세계대백과사전』에서 아플리케를 찾아 보니 엄청나게 긴 역사가 있었다.

'아플리케는 고대 이집트 때부터 의복의 약한 부분을 보강하는 목적으로 사용했다.'

세상에, 고대 이집트라니!

『왕문사 백과사전(에보카)』에는 '중세의 승려 옷이나 민속의상 등에 달았고, 현재도 복식 수예로 널리 사용된다'라고 나와 있다.

승려 옷에서 병아리 아플리케에 이르기까지는 상당한 거리가 있지만 아플리케만의 길은 계속된 것이다. 참고로 아플리케는 '꿰매 붙이다'는 뜻이다.

아플리케가 일본에 전해진 것은 20세기 초이다. 다만 에도 시대부터 있던 '오시에[°]'를 아플리케 그룹에 넣어도 무방한 것 같다.

오시에로 유명한 것은 하고이타[°°]다. 하고이타 중에서도 판에 직접 그림을 그린 것 말고 천을 활용해 사람 얼굴이나 꽃 등을 입체적으로 만들어서 판자에 붙인 타입이 유명하다. 이른바 장식용 하고이타다.

하고이타에도 아플리케, 승려 옷에도 아플리케, 아이들 무릎에도 아플리케. 아플리케의 문은 한없이 넓다.

그렇다면 그것도 역시 아플리케였을까.

중학생 때, 여학생들 사이에는 체육복에다 목장갑을 덧대는 영문 모를 붐이 일었다. 손바닥 모양의 주머니라고 볼 수도 있지만, 실용적이기보다 장식이었다.

멋쟁이 여자아이들은 분홍색이나 보라색 같은 컬러 목장갑, 평범한 나는 평범한 흰색 목장갑이었다.

° 꽃·새·인물 등 모양의 판지를 여러 가지 빛깔의 헝겊으로 싸고, 솜을 두어 높낮이를 나타나게 하여, 널빤지 따위에 붙인 것.

°° 제기 비슷한 놀이 기구로, 깃털 공을 쳐 올리고 받는 나무판.

그 평범한 목장갑을 엉성하게나마 기워서 완성했을 때에 "내일 체육 시간 기대돼!" 하고 설렜을 테지. 그 목장갑도 역시 아플리케의 귀여운 추억으로 마음속에 꿰매 붙인 거라고 할 수 있지 않을까.

어른이 된 지금도 잡화점에서 아플리케를 발견하면 추억의 문이 열리는 기분이다. 그리고 달 데도 없으면서 사서 "귀여워라." 하며 손바닥에 올려놓고 마냥 바라보기만 하고 있다.

최신판 『고지엔』에도 '아플리케'가 있었습니다.

생각하다 보니 그 사람들이
좀 귀엽게 느껴졌습니다.

귀여운 색연필 이름

색연필

いろえんぴつ [이로엔피쓰]

오랜만에 색연필을 샀다. 미쓰비시 색연필의 24색 세트다.

새 색연필은 가지런하게 정렬되어 "자, 나를 써 주세요!" 하듯이 어느 색이고 생기 넘쳐 보였다.

메뉴판처럼 색연필 이름이 쓰인 종이가 한 장 들어 있었다. 당연하지만, 각각의 색에는 이름이 있다. 가엾은 것은 기존 이름에 접두어만 붙은 이름들이다.

연녹색, 진녹색, 적자색.

원래 있는 색이름에 '연', '진', '적'만 붙여서 이름이 됐다. 그

색들은 "세상에 나를 위한 이름은 없는 거냐……." 하는 비참한 심정이 들지 않을까.

자, 이 24색.

제일 귀여운 이름을 갖고 있는 색은 어느 것일까? 하고 하나하나 보았다.

'물색'은 참 귀엽다.

원래 물은 투명하다. 그걸 '물색'이라고 한 데서 판타지를 느낀 게 아닐까. 『색이름 사전 507』에 따르면 헤이안 시대에는 이미 '물색'이라는 색이름이 있었다고 한다. 옛날 사람들도 고정관념은 갖고 있지 않았던 모양이다.

과일 이름도 사랑스럽다. 복숭아(もも 모모)색이나 등자색 같은 과일 이름 색.

그러고 보니 예전에 읽은 소녀만화에 '봄에 태어난 모모'라는 여자아이가 나왔던 게 문득 생각난다. 제목이 뭐였는지 가물가물하다.

어렸을 때 나는 '모모'가 되고 싶었다. 그것은 소녀만화 속의 모모가 아니었다. 예쁘고 총명하고 운동 만능인 상상 속 나의 이름이 모모였다.

매일 밤마다 잠들기 전 이불 속에서 모모가 되어 살고 있었다. 모모인 나는 최강이었다. 짝사랑하는 남자아이에게 고백을 받고 시험 치면 혼자 만점을 받았다.

반 친구들도 이런 식으로 다른 아이가 되어 본 적이 있을까?

그때는 쑥스러워서 아무에게도 물어보지 못했다. 이렇게 말할 수 없는 것, 물을 수 없는 것을 가슴에 잔뜩 품은 채 사람은 어른이 되는 거구나. 색연필 '모모'를 보다 잠시 그런 생각을 떠올렸다.

미쓰비시 색연필 24색의 귀여움 찾기는 지치지 않고 계속된다.

있다. 찾았다. 유일하게 동물 이름이 붙은 한 자루 아니, 한 마리.

바로 '쥐색'이다.

이렇게 많은 색이 있는데도 너만 이 색연필들 중 유일하게 동물에 비유되었구나.

그 사실을 깨달은 순간, 태어나서 처음으로 '쥐색'에게 따스함을 느꼈다.

궁금해져서 바로 조사해 보니 '쥐색'은 아주 품위 있는 색이었다.

『색의 지식』이란 책에 따르면 에도 시대 막부는 백성과 상인들이 사치를 하지 못하도록 지치(보라색), 홍화(빨간색) 염색을 금지했다고 한다.

그러자 상인들 사이에서 수수한 색이 유행했다. 그중에서도 '갈색'과 '쥐색'이 에도 시대의 2대 유행색이었다. '사십팔차 백서°'라는 말이 있을 만큼 수많은 색들을 만들어내고 그 미묘한 색의 차이를 즐긴 것 같다.

『색이름 사전 507』에도 많은 쥐색이 나온다.

은색을 띤 쥐색, 갈색을 띤 쥐색, 연청록색을 띤 쥐색…….

그중에서 리큐 쥐색은 초록빛을 띤 스모키한 쥐색으로, 찻잎 하면 떠오르는 '센 리큐'에서 이름을 따왔다고 한다.

『색이름 사전 507』에는 이렇게 나와 있다.

'리큐색은 모모야마 시대(1574~1602) 다도의 명인인 센 리큐가

° 四十八茶 百鼠: 마흔여덟 가지 갈색과 백 가지 쥐색이란 말로 그만큼 다양한 갈색과 쥐색을 만들었다는 뜻.

좋아하는 색이라고 되어 있지만, 리큐 본인이 색이름을 지시한 게 아니라 후세 사람이 멋대로 이름 지은 것이다. 에도 시대부터 고상한 색이라는 이미지로 사용된 것 같다.'

'쥐색'은 아주 훌륭한 색이었다. 귀여워, 라고 말해도 괜찮은 걸까?

조심스럽긴 하지만 역시 귀엽다. 동물 이름 색이라는 것만으로도 뭔가 폭신폭신하게 느껴진다.

참고로 동물의 털색으로 이름을 붙인 것은 가마쿠라 시대 이후라고 한다.

미쓰비시 색연필 24색 세트에는 '쥐색'뿐이었지만, 『색이름 사전 507』에는 동물 이름 색이 종종 등장한다.

카나리아색, 여우색, 낙타색, 참새색.

참새색……. 일상 대화 중에 사용하면 무척 귀여운 느낌이 들 것 같다.

"어제 말이야, 참새색 스커트를 샀거든." 하는 식으로.

색이름을 평소와 달리 부르는 것만으로도 한층 색다른 맛 아니, 색다른 느낌이 날 것 같다.

그런 생각을 하다 보니 '연녹색', '진녹색', '적자색'처럼 접두어가 붙은 색이름들이 더 가엾어지네.

이름을 조금
바꾸어보는 것만으로도
세상이 귀여운 색으로
물들지 모릅니다.

손톱의 귀엽고 작은 희망

계산대에서 계산을 하다가 가게 점원의 네일 장식이 귀여워서 "손톱, 귀여워요!"라고 할 때가 있다. 나도 가끔 네일숍에 가기 때문에 손톱 칭찬을 받는 기쁨을 안다.

숍에서 꾸민 손톱을 칭찬받으면 "아이, 뭘요." 하고 겸손해하는 사람은 별로 없을 거다.

귀엽게 네일아트를 해준 사람은 네일리스트다.

세심한 작업이다. 어깨도 무척 결릴 것이다. 그런 수작업 앞에서 어떻게 겸손을 떨겠는가.

"감사합니다!"

칭찬받으면 순수하게 기뻐해도 된다고 생각한다.

일본에서 매니큐어의 역사는 얼마나 됐을까.

폴라문화연구소의 홈페이지에 가 보니 에도 시대 말기 무렵에 이미 '쓰마베니°'라는 화장품이 있었다고 한다. 잇꽃이나 봉숭아에서 색을 뽑아 손톱에 바른 것 같다.

'잇꽃을 옅게 녹여서 손톱에 바르는 연지입니다만, 잇꽃은 금에 비유될 만큼 고가여서 이 화장품을 사용한 것은 일부 유명인 여성들뿐입니다.'

북쪽 지방인 야마가타의 잇꽃이 교토에서 '연지(紅 베니)'로 가공되어 도매점이나 소매점에 진열됐다고 한다. 특히 '고마치베니'라는 브랜드가 유명했던 것 같다.

"고마치베니, 갖고 싶다." 하고 가게 앞에서 넋을 잃고 구경하던 기모노 차림의 여자아이들도 많지 않았을까.

° 손톱을 붉게 칠하는 화장.

매니큐어가 요즘처럼 일반적인 물건이 된 것은 전쟁 후였다. 『메이지 · 다이쇼 · 쇼와의 화장 문화 시대 배경과 화장 · 미용의 변천』에 따르면 원래 매니큐어는 매니큐어용으로 발명된 것이 아니었다. 1923년경 유럽에서 자동차용으로 개발된 속건성 락카에서 네일락카가 발명됐다고 한다.

차를 만들었더니 화장품이 생겼다! 같은 거랄까?

발명이란 의외로 이런 경우가 많을지도 모른다. 포스트잇만 해도 원래는 강력한 접착제를 개발하던 중에 힘없는 접착제가 생겨서 힌트를 얻었다고 어딘가에서 본 적이 있다.

손톱에 색을 칠한다는 것.

셔츠 단추만 한 면적이지만 그곳이 귀여운 것만으로도 기분이 좋아지니 신기하다.

나도 컴퓨터 자판을 두드리며 열심히 원고 쓰던 손을 멈추고 내 손톱을 한참 들여다볼 때가 있다. 그리고 "귀여워라." 하고 새삼 뿌듯해한다.

네일숍에 다니는 여성들도 나처럼 종종 이런 시간을 갖겠지, 생각하니 그들의 그 시간도 포함하여 "귀여워요!" 하고 말해주고 싶다.

어릴 때부터 얼굴이 귀엽네 어쩌네 하는 저울에 강제로 올려지고, 그것으로 학교에서의 위치도 정해졌다. 귀여운 아이는 언제든 저 높은 곳에서 귀여움을 만끽했다.

그럴 때, 교칙 위반인 매니큐어는 작은 희망이기도 했다. 눈 깜짝할 사이에 내 일부를 귀엽게 변신시켜 주는 마법 같은 화장품이었다. 눈 화장이나 립스틱도 있긴 했지만 바른다고 꼭 귀여워진다는 보장은 없다. 그러나 손톱은 칠하면 귀여움이 보장된다.

처음으로 매니큐어를 바르고 고등학교에 간 날의 나는 아침부터 몇 번이고 손톱을 들여다보았을 것이다. 부모님한테 들키지 않도록 어색하게 식빵을 들고 아침을 먹었을 것이다.

다녀오겠습니다, 하고 자전거를 타고 페달을 밟은 아침, '나, 오늘 귀여워! 손톱이.' 열일곱 살의 나는 그렇게 생각했을지도 모른다.

그런 과거도 포함하여 여러모로 귀여운 네일이다.

네일숍

하는 쪽도 받는 쪽도
마지막에는 '귀여워' 대합창.

손톱 색을 바꾸듯이
블라우스 단추에
매니큐어를 발라도 즐거울 듯!

오늘 노란색?
귀엽다!
오렌지색도
귀엽네.

살아남은 귀여운 문자들

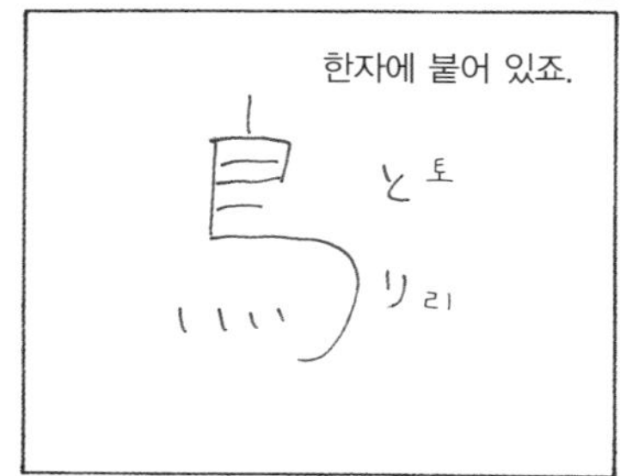

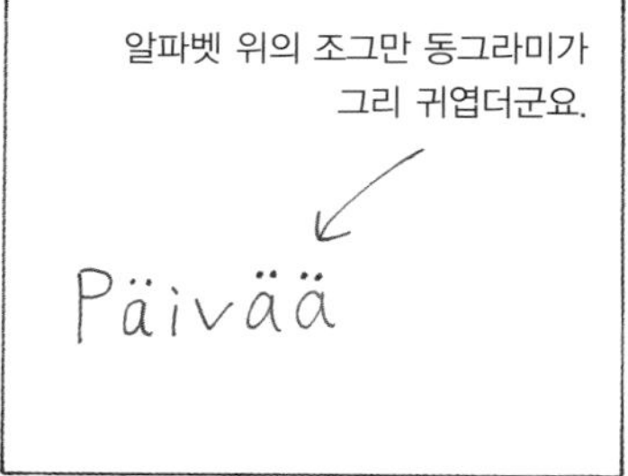

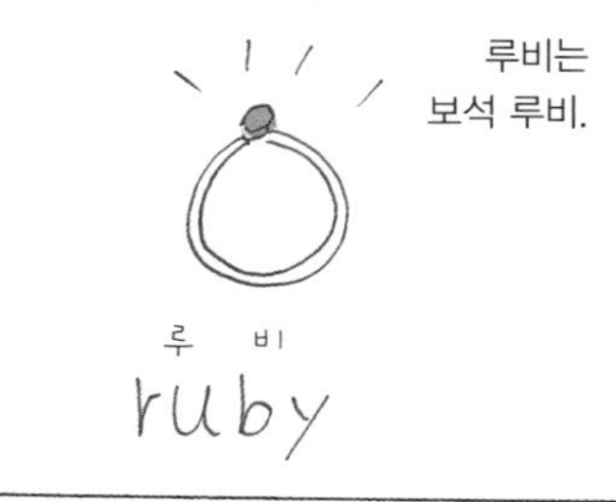

° 한자 옆에 다는 토, 후리가나용의 작은 활자.

영국이나 미국에서는 활자 크기에 별명이 있대요.
이를테면 24포인트는 '더블 파이카' 10포인트는 '롱 프리머'
오-

후리가나 폐지를 주장한 작가 야마모토 유조는
그런 생각을 한 사람도 있어?
엥

5.5포인트의 작은 활자는 루비라고 불렀다고 합니다.
참고로 5포인트는 펄, 4.5포인트는 다이아몬드.

루비를 '장구벌레'라고 표현했다고 합니다만
오호, 재미있는 벌레가 등장했네.

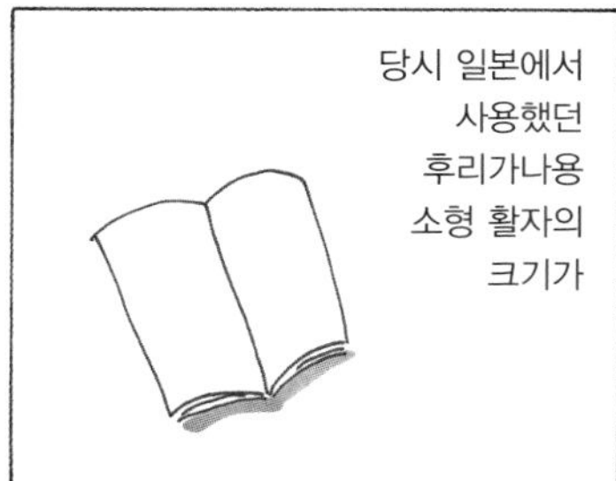

당시 일본에서 사용했던 후리가나용 소형 활자의 크기가

글씨를 벌레에 비유한 것도 역시 귀여워서
아냐, 장구벌레라 그런 거지!
하핫

루비에 가까운 크기여서
이름이 루비가 되었다네요.

루비가 없어지지 않은 것은 '귀여움'을 위해서는 잘됐다고
생각했어요.

귀여운 귀여움

"귀엽다(かわいい 가와이)."

걸핏하면 이 말이 튀어나온다. 온종일 '귀엽다'고 말한다.

귀여움은 평화다. 일단 칭찬하고 본다. 다들 가볍게 사용하고, 나도 마찬가지다. 그러나 이 '귀엽다'라는 말, 『생활의 말 신어원사전』에 따르면 원래는 사용법이 달랐다고 한다.

'가와이カワイイ는 가하유시カハユシ에서 변화한 말로, 거슬러 올라가 보면 가하유시 — 가하하유시カハハユシ — 가호하유시カホハユシ

에 도달한다. '하유시ハユシ'라는 단어는 '몸에 어떤 변화를 일으키는 사태나 감정을 나타내는 말'이라고 생각하면 이해하기 쉽다.'

이를테면 '메바유시目ハユシ'는 '눈을 뜨고 있을 수 없다', 즉 '눈부시다'라는 뜻이고 '미미하유시耳ハユシ'는 '귀가 이상해질 것 같다', 즉 '듣기 괴롭다'라는 뜻이다. '가와이'의 어원인 '가호하유시顔ハユシ'는 '얼굴을 들고 있을 수 없을 정도다', 요컨대 '안타까워서 보고 있을 수 없다'는 의미였다.

세월이 흘러 현재 사용하는 말인 '가와이'에는 가엽다나 불쌍하다는 의미는 포함되지 않았다.

『어원사전-형용사편』에는 이렇게 나와 있다.

'아름다움, 아이스러움 등 너무나도 사랑스럽게 느껴지는 모습이나 살아 있는 작은 것, 약한 것에 갖는 자연스러운 감정.'

이것이 '귀엽다(가와이)'이다. 걸핏하면 '귀엽다'라고 말하는 내 생활을 돌아보며, '귀엽다'를 다시 만나보자고 생각했다.

끝으로

주변에 있는
'귀여움'를 다시
만나며

하고 감탄하는 제가 있었습니다.

'귀여움'의
배경을 알 수
있었습니다만

그렇게
견문했던
'귀여움'을
어디
보자

이 책 교정지를
다시 읽어 보다가

잊고 있었던 겁니다
(어이어이).
맞아,
'체리'는
도련님이었지!

어머-!

그리고

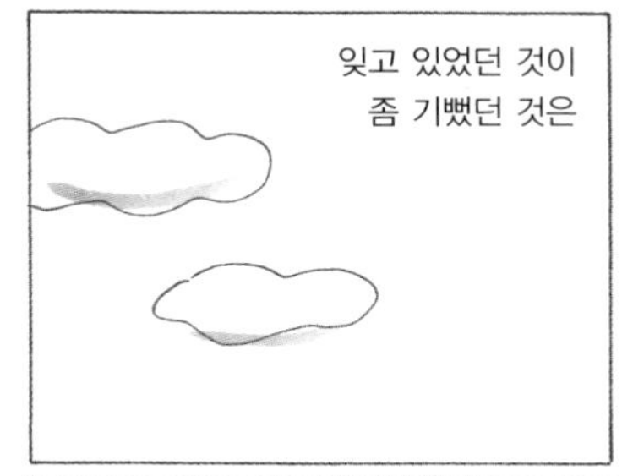
잊고 있었던 것이
좀 기뻤던 것은

새삼

귀여워~

하고 느낀
기쁨 덕분인지도
모릅니다.
귀여운
건 역시
좋아.
하핫

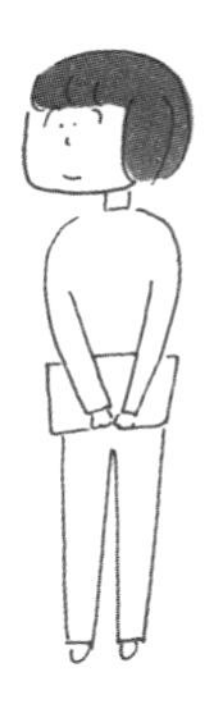

귀여운 사진관

학이 내려앉은 우체통.
디오라마 느낌이 귀엽다.
POST
장난칠
궁리를 하는 듯한
백조 보트들.
고개를
갸웃거리며 나를
보고 있던 고양이.

가나자와시에서.
킨카토°
° 설탕공예로 만든 화과자.
가가와현 데시마
선착장의 방석.
귀여워서
행복해진다.
본가 달력에
어쨰선지 리본 장식.

TENNIS BENTO
후쿠오카현 모지의
규슈철도기념관에 전시된
라켓 모양 철도 도시락.
본가.
장식장 문을 여니
옛날 토산물이
가득하다.
기린 형제가
빌딩 아래를 내려다보는
것처럼 보인다.

딴 데만 보고 있는
판다 케이크들.
우에노에서.
나무와 한 몸이 된
고양이가 귀여웠다.
출판사에서 나온 간식.
전부 작다…….

새 학년 첫날 같다.
수줍어하는 느낌이 귀여웠다.

이와테현 쿠지 역의
뭔가 귀여운 글씨.

くじ
KUJI

거북이 관광선.
귀엽지 않을 리가 없지.
스와호에서.

크리스마스,
어느 집 현관 앞에 장식된
파스타 리스.

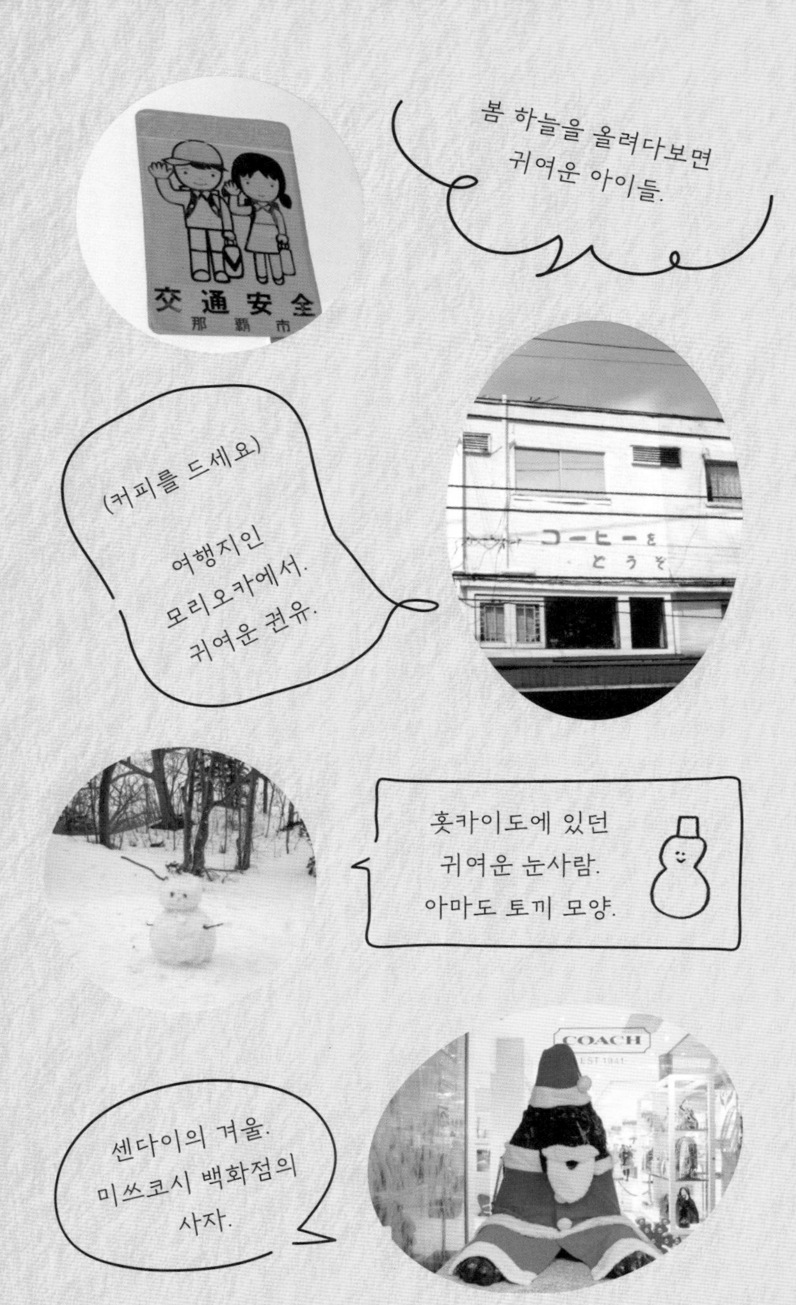

交通安全
那覇市
봄 하늘을 올려다보면
귀여운 아이들.
コーヒーを
どうぞ
(커피를 드세요)
여행지인
모리오카에서.
귀여운 권유.
홋카이도에 있던
귀여운 눈사람.
아마도 토끼 모양.
COACH
EST 1941
센다이의 겨울.
미쓰코시 백화점의
사자.

귀여움은 끝이 없다

권남희

어릴 때부터 유난히 귀여운 사물을 좋아했다. 귀여운 동물을 좋아했다. 귀여운 사람을 좋아했다. 귀엽다는 말을 좋아했다. 사물과 동물과 사람에 점점 무심해져 가는 나이지만, 그럼에도 귀여운 것을 보면 팔자주름이 활짝 펴진다. 다만 그 귀여움은 천연이어야 한다. "1 더하기 1은 귀요미, 2 더하기 2는 귀요미" 같은 귀요미 노래를 부르는 성인은 귀엽지 않다. "기싱 꿍꼬또" 이러는 성인도 징그럽다. 인위적인 귀여움에 웃어줄 너그러움은 없어진 것 같다.

이 책에서 마스다 미리 씨는 이렇게 말한다.

"귀여워."

걸핏하면 이 말을 한다. 온종일 한다.

정말 그렇다. 일본에서 길을 가거나 쇼핑을 할 때 앞뒤 좌우에서 제일 많이 들려오는 말이 "귀엽다!"다. "귀엽다!"라는 말이 들려서 무심결에 그들의 시선을 따라 갔다가 이내 고개를 돌리며 생각한다. '대체 어디가? 왜?' 남들보다 더 사소한 것에 귀여움을 느끼는 나조차, 정말 아무것도 아닌 평범한 사물을 보고 "가와이!"를 연발하는 그들이 신기했다. 마스다 미리 씨가 재첩이나 스웨터에 생긴 보풀을 보고 귀엽다 하니 또 그 생각이 났다. 별걸 다 귀여워하는 일본 사람들이다. 새로 산 물건을 보여주며 "이거 어때?" 하고 물으면, 우리나라 친구들이 "별론데"라고 할 때, 일본 사람들은 "귀엽네"라고 한다. 그렇다. 그들에게 '가와이'는 빨간약처럼 아무 데나 갖다 붙여도 되는 만병통치약 같은 칭찬, 혹은 SNS에서 예의상 눌러주는 '좋아요' 같은 것이다. 꼭 귀여울 때만 하는 말은 아니다. 상대방이 상처받지 않도록 하는 인사. 그렇게 생각하면 '귀엽다'란 말 자체가 갸륵하고 귀엽다.

마스다 미리 씨가 귀엽다고 열거한 목록들은 좀 독특하다. 앞에 얘기한 재첩, 보풀도 그렇지만, 샤프심, 가름끈 등 동의할 수 없는 것도 있다. 그래도 귀여움을 느끼는 것은 주관적인 것이니까.

번역하면서 나는 어떤 것을 귀여워하는가 생각해 보았다. 아기, 강아지, 고양이의 귀여움에 가장 환장하지만, 대국민적인 귀여움을 받는 이 삼대장 말고 내가 귀여워하는 것은 무엇일까. 생각나는 순서대로 한번 적어보았다.

1. 작고 똥똥한 몸에 짧고 굵은 다리로 스트레칭 하는 여든

일곱 살 노모의 모습이 귀엽다. 열심히 들어 올리지만 바닥에서 거의 올라오지 않는 인공 관절 다리. 그런 스트레칭을 하루도 거르지 않는 운동 정신이 귀엽다.

2. 「유퀴즈」의 유재석 씨가 게스트의 말에 코를 킁 먹으며 음소거 상태로 웃겨죽는 모습이 귀엽다. 나이 오십에 그렇게 천진난만하게 웃는 남자가 있을까. 웬만한 개그에 웃지 않는 나이지만, 유재석 씨가 코를 킁 먹고 넘어갈 때면 귀여워서 덩달아 웃고 만다. 귀여움의 원천은 역시 순수함이다.

3. 작은 친구들의 뒤통수가 귀엽다. 고양이 뒤통수, 강아지 뒤통수, 참새 뒤통수, 아기 뒤통수. 조그맣고 동그랗고 반질반질하고 아무 근심 걱정 없어 보이는 뒤통수. 꽉 깨물고 싶은 그

뒤통수의 귀여움을 하루에 한 번이라도 영접할 수 있다면 얼마나 좋을까.

4. 브라운, 코니, 샐리 같은 라인프렌즈와 라이언, 어피치, 네오, 튜브 등 카카오프렌즈의 캐릭터들이 귀엽다. 인형이나 장식물이 제일 쓸데없는 선물이란 걸 깨달은 이 나이에도 프렌즈 시리즈를 보면 탐이 난다. 쓸데없을 때 쓸데없더라도 귀여운 것은 귀여운 것.

5. 늦게 한글을 배우신 할머니들의 삐뚤빼뚤한 글씨가 귀엽다. 한 글자 한 글자 혼이 담긴 글씨로 할아버지 흉도 보고, 자식 자랑도 하고, 시집살이 한탄도 쓰신 공책이 눈물 나게 귀엽다.

6. 출산을 기다리며 빨아놓은 아기 옷, 조그마한 신발, 조그마한 이불, 조그마한 베개, 주인을 기다리는 아기용품들이 귀엽다. 머잖아 등장할 그 물건들의 주인은 세상 귀여움의 끝판왕.

세상은 넓고 귀여운 것들은 많아서 이렇게 써나가다 보면 끝이 없을 것 같다. 그래서 마스다 미리는 이 책에서 무려 서른 가지의 귀여움을 얘기했다. 그리고 귀여움의 어원과 유래를 찾는다. 생소한 남의 나라 책 이름들이 어렵지만, 귀여움의 유래를 찾아 도서관에서 공부하는 마스다 미리 씨를 생각하니 그 모습이 또 귀엽다. 보통의 사람들은 무심히 지나치거나 대수롭지 않게 보고 넘길 자잘한 것을 발견하고 "귀여워!"를 외치는 동세대의 마스다 미리 씨. 님이 더 귀여워요.

참고자료

도토리의 귀여운 흠

- 埴沙萠 著,『科学のアルバムードングリ』, あかね書房, 2005
  하니 샤보,『과학앨범-도토리』 아카네쇼보, 2005
- 井上貴文 著, むかいながまさ 絵,『どんぐりの食べ方ー森の恵みのごちそう』, 素朴社, 2004
  이노우에 다카후미, 무카이 나가마사 그림,『도토리 먹는 법-숲의 은혜 진수성찬』, 소보쿠샤, 2004
- 堀井令以知 著,『日本語語源辞典』, 東京堂出版, 1963
  호리 레이치,『일본어 어원사전』, 도쿄도출판, 1963

어설퍼서 귀여운 눈사람

- 笹間良彦 著,『日本こどものあそび図鑑』, 遊子館, 2010
  사사마 요시히코,『일본어린이놀이 대도감』, 유시칸, 2010
- 中城正堯 著, 小林忠 監修,『江戸時代 子ども遊び大事典』, 東京堂出版, 2014
  나카조 마사타카, 고바야시 타다시 감수,『에도 시대 어린이놀이 대사전』, 도쿄도출판, 2014

실뜨기에 열중한 귀여운 모습

- 増井金典 著,『日本語源広辞典』, ミネルヴァ書房, 2012
  마스이 가네노리,『(증보판)일본어원 큰사전』, 미네르바쇼보, 2012
- 清水秀晃 著,『日本語語源辞典ー日本語の誕生』, 現代出版, 1984
  시미즈 히데아키,『일본어 어원사전-일본어의 탄생』, 현대출판, 1984
- シシドユキオ・野口廣・マークAシャーマン 著,『世界あやとり紀行』, INAXo, 2006
  시시도 유키오 · 노우치 히로시 · 마크 A 셔먼,『세계 실뜨기 기행』, INAXo, 2006
- 野口廣・こどもくらぶ 著,『あやとり学』, 今人舎, 2016
  노구치 히로시 · 고도모클럽,『실뜨기학』, 이마진샤, 2016

땅따먹기 하는 귀여운 생물

- 加古里子 著,『伝承遊び考2ー石けり遊び考』, 小峰書店, 2007
  가코 사토코,『전승놀이 생각2-사방치기 놀이 생각』, 고미네쇼텐, 2007

귀여운 그림 그리기 노래

- 加古里子 著, 『伝承遊び考1—絵かき遊び考』, 小峰書店, 2006
  가코 사토코, 『전승놀이 생각1-그림 그리기 놀이 생각』, 고미네쇼텐, 2006
- 芸術教育研究所 著, 『伝承遊び事典』, 黎明書房, 1985
  예술교육연구소, 『전승놀이 사전』, 레이메이쇼보, 1985

소프트아이스크림으로 귀여워지는 세상

- 일본소프트크림협의회 홈페이지
  http://www.softcream.org/
- 茂木健一郎 著, 『クオリア入門』, 筑摩書房, 2006
  모기 겐이치로, 『퀄리아 입문』, 치쿠마쇼보, 2006
- ローラ·ワイス 著, 竹田円 訳, 『アイスクリームの歴史物語』, 原書房, 2012
  로라 와이스, 다케다 마도카 옮김, 『아이스크림 역사이야기』, 하라쇼보, 2012
  Laura Weiss, "*Ice Cream:A Global History*", Reaktion Books; 1st edition, 2012
  (한국어판: 로라 와이스, 김현희 옮김, 주영하 감수, 『아이스크림의 지구사』, 휴머니스트, 2013)

푸딩 알라모드의 귀여운 세계

- 菊地武顕 著, 『あのメニューが生うまれた店』, 平凡社 コロナブックス, 2013
  기쿠치 다케아키, 『그 메뉴가 태어난 가게』, 헤이본샤 코로나북스, 2013
- 吉田菊次郎 著, 『洋菓子はじめて物語』, 平凡社, 2001
  요시다 기쿠타로, 『양과자 이야기』, 헤이본샤, 2001

귀여운 멜론빵

- 東嶋和子 著, 『メロンパンの真実』, 講談社, 2004
  도지마 와코, 『멜론빵의 진실』, 고단샤, 2004
- 杉浦明·宇都宮直樹·片岡郁雄·久保田尚浩·米森敬三 編, 『果実の事典』, 朝倉書店, 2008
  스기우라 아키라·우쓰노미야 나오키·가타오카 유키오·구보다 나오히로·요네모리 케이조 편집, 『과실 사전』, 아사쿠라쇼텐, 2008
- 農山漁村文化協会 著, 『野菜園芸大百科4—メロン』, 農山漁村文化協会, 2004
  농산어촌문화협회, 『채소원예 대백과4-멜론』, 농산어촌문화협회, 2004

- 田中修 著, 『フルーツひとつばなし—おいしい果実たちの「秘密」』, 講談社, 2013
  다나카 오사무, 『프루트 이야기-맛있는 과일들의 '비밀'』, 고단샤, 2013

종이풍선의 귀여움

- 川口陽子 監修, 『息さわやかの科学』, 明治書院, 2009
  가와구치 요코 감수, 『상쾌한 입김의 과학』, 메이지쇼인, 2009
- 町田忍 著, 『昭和レトロ博物館』, 角川書店, 2006
  마치다 시노부, 『쇼와레트로 박물관』, 가도카와쇼텐, 2006
- 이소노 풍선 제조소 홈페이지
  http://www.isonokamihusen.co.jp

커다란 세계의 귀여운 재첩들

- 増井金典 著, 『日本語源広辞典』, ミネルヴァ書房, 2012
  마스이 가네노리, 『(증보판)일본어원 큰사전』, 미네르바쇼보, 2012
- 小田英智 著, 北添伸夫 写真, 『シジミチョウ観察事典』, 偕成社, 2002
  오다 히데토모 글, 기타조에 노부오 사진, 『부전나비 관찰사전』, 가이세이샤, 2002

귀여운 철도 도시락 차(茶)

- ヘレン・サベリ 著, 竹田円 訳, 『お茶の歴史』, 原書房, 2014
  헬렌 사베리, 다케다 마도카 옮김, 『차茶의 역사』, 하라쇼보, 2014
  Helen Saberi, "*Tea:A Global History*", Reaktion Books, 2010
  (한국어판: 헬렌 사베리, 이지윤 옮김, 『차(茶)의 지구사』, 휴머니스트, 2015)
- 小林しのぶ·林順信 著, 『駅弁学講座』, 集英社, 2000
  고바야시 시노부·하야시 준신, 『철도 도시락학 강좌』, 슈에이샤, 2000

보물들의 귀여운 집회

- 増田美子 著, 『日本服飾史』, 東京堂出版, 2013
  마스다 요시코, 『일본복식사』, 도쿄도출판, 2013
- 大丸弘·高橋晴子 著, 『日本人のすがたと暮らし』, 三元社, 2016
  다이마루 히로시 다카하시 하루코, 『일본인의 모습과 생활』, 산겐샤, 2016
- 『大辞林』, 三省堂

『다이지린』, 산세이도
- 『講談社カラー版日本語大辞典』, 講談社, 1995
『고단샤 컬러판 일본어대사전』, 고단샤, 1995
- 『集英社国語辞典』, 集英社
『슈에이샤 사전』, 슈에이샤

살랑거리는 귀여운 가름끈

- 『新和英大辞典』, 研究社
『신일영대사전』, 겐큐샤
- 『日本国語大辞典』, 小学館
『일본국어대사전』, 쇼가쿠칸
- 堀井令以知 著, 『語源大辞典』, 東京堂出版, 1988
호리 레이치, 『어원대사전』, 도쿄도출판, 1988
- 『世界大百科事典』, 平凡社
『세계 대백과사전』, 헤이본샤

젓가락받침의 귀여운 광채

- 向井由紀子 · 橋本慶子 著, 『箸』, 法政大学出版局, 2001
무카이 유키코 · 하시모토 케이코, 『젓가락』, 호세대학출판국, 2001

구불구불 귀여운 고양이 꼬리

- ステファーヌ フラッティーニ 著, 今泉忠明 監修, 岡田好恵 訳, 『猫の事典』, 学研プラス, 2002
스테판 프라티니, 이마이즈미 타다아키 감수, 오카다 요시에 옮김, 『고양이 사전』, 각켄플러스, 2002
Stephane Frattini, *"Copain des chats"*, Milan, 1998
- 高野八重子 · 高野賢治 著, 『猫の教科書』, 緑書房, 2016
다카노 야에코 · 다카노 겐지, 『고양이 교과서』, 미도리쇼보, 2016

민들레 이름의 귀여운 울림

- 山口佳紀 著, 『暮らしのことば 新 語源辞典』, 講談社, 2008

야마구치 요시노리, 『생활의 말 신 어원사전』, 고단샤, 2008

새알심의 몰랑한 귀여움

· 山口佳紀 著, 『暮らしのことば 新 語源辞典』, 講談社, 2008
야마구치 요시노리, 『생활의 말 신 어원사전』, 고단샤, 2008
· 松下幸子 著, 『図説 江戸料理事典』, 柏書房, 2009
마쓰시타 사치코, 『도설 에도요리사전』, 가시와쇼보, 2009
· 中山圭子 著, 『事典 和菓子の世界』, 岩波書店, 2018
나카야마 가코, 『사전 화과자의 세계』, 이와나미쇼텐, 2018

별사탕의 귀여운 연출

· 吉田菊次郎 著, 『西洋菓子―日本のあゆみ』, 朝文社, 2012
요시다 기쿠치로, 『서양과자-일본의 행보』, 초분샤, 2012
· 小瀬甫庵 著, 桑田忠親 校訂, 『太閤記(上 · 下)』, 岩波書店, 2000
오제 호안, 구와타 타다치카 교정, 『태각기(상 · 하)』, 이와나미문고, 2000

귀여운 붕어빵의 탄생 이야기

· 岡田哲 著, 『たべもの起源事典―日本編』, 筑摩書房, 2013
오카다 데쓰, 『음식 기원사전-일본편』, 치쿠마쇼보, 2013
· 山本候充 著, 『日本銘菓事典』, 東京堂出版, 2004
야마모토 도모미쓰, 『일본명과사전』, 도쿄도출판, 2004

사이좋아서 귀여운 체리

· 柳原明彦 著, 縄田栄治 監修, 『調べてなるほど! 果物のかたち』, 保育社, 2016
야나기하라 아키히코, 나와타 에이지 감수, 『알아보니 과연! 과일의 모양』, 호이쿠샤, 2016
· 西村幸一 · 野口協一 編, 川端理 絵, 『サクランボの絵本』, 農山漁村文化協会, 2008
니시무라 고이치 · 노구치 교이치 편집, 가와바타 리에 그림, 『체리 그림책』, 농산어촌문화협회, 2008
· 사가에 시 홈페이지 앵두 대백과사전
http://www.city.sagae.yamagata.jp/sagae/sakuranbodaihyaka/
· 堀川理万子 著, 三輪正幸 監修, 『くだものと木の実いっぱい絵本』, あすなろ書房,

2015
호리카와 리마코, 미와 마사유키 감수, 『과일과 나무 열매 가득한 그림책』, 아스나로쇼보, 2015

아플리케의 귀여운 추억

- 『世界大百科事典』 平凡社
  『세계대백과사전』, 헤이본샤
- 『旺文社百科事典(エポカ)』, 旺文社, 1983
  『왕문사 백과사전(에보카)』, 오분샤, 1983

귀여운 색연필 이름

- 福田 邦夫 著, 『色の名前事典 507』, 主婦の友社, 2017
  후쿠다 쿠니오, 『색이름 사전 507』, 슈후노토모샤, 2017
- 城 一夫 著, 『色の知識』, 青幻舎, 2010
  조 카스오, 『색의 지식』, 세이겐샤, 2010

손톱의 귀엽고 작은 희망

- ポーラ文化研究所 著, 『明治・大正・昭和の化粧文化 時代背景と化粧・美容の変遷』, ポーラ文化研究所, 2016
  폴라문화연구소, 『메이지·다이쇼·쇼와의 화장 문화 시대 배경과 화장·미용의 변천』, 폴라문화연구소, 2016
- 폴라문화연구소 홈페이지
  http://www.cosmetic-culture-po-holding.co.jp

살아남은 귀여운 문자들

- 今野真二 著, 『振仮名の歴史』, 集英社, 2009
  곤노 신지, 『후리가나의 역사』, 슈에이샤, 2009

끝으로

- 山口佳紀 著, 『暮らしのことば 新 語源辞典』, 講談社, 2008
  야마구치 요시노리, 『생활의 말 신 어원사전』 고단샤, 2008
- 吉田金彦 著, 『語源辞典―形容詞編』, 東京堂出版, 2000
  요시다 가네히코, 『어원사전-형용사편』, 도쿄도출판, 2000

귀여움 견문록

1판 1쇄 인쇄 2021년 8월 25일
1판 1쇄 발행 2021년 9월 17일

지은이 마스다 미리
옮긴이 권남희

발행인 양원석 **편집장** 김건희 **책임편집** 주리아
디자인 이은혜, 김미선 **영업마케팅** 조아라, 김보미, 신예은, 이지원

펴낸 곳 ㈜알에이치코리아
주소 서울시 금천구 가산디지털2로 53, 20층(가산동, 한라시그마밸리)
편집문의 02-6443-8904 **도서문의** 02-6443-8800
홈페이지 http://rhk.co.kr
등록 2004년 1월 15일 제2-3726호

ISBN 978-89-255-7925-6 (03830)